夢境計畫

プロジェクト・インソムニア

結城真一郎・著

王蘊潔・譯

繁體中文版獨家作者序

親愛的台灣讀者，由衷感謝各位從茫茫書海中，拿起我的作品展讀。

從小到大，我做過不計其數的夢。相信各位讀者也一樣。快樂的夢、不愉快的夢、支離破碎的夢。雖然夢境五花八門，但所有的夢都有一個共同點，那就是一旦睜開眼睛就可以回到現實。有時候夢境太美，很想繼續留在夢的世界，醒來之後因而感到惋惜，有時候也很慶幸只是一場夢。

如果無法從夢境中醒來，那會怎麼樣？

如果在夢中死了，在現實中也會死，又會怎麼樣？

這些偶然浮現在腦海中的想法，讓我動筆寫下了這個故事。這是我踏入文壇後的第二部小說，也是第一次進入日本國內推理小說排行榜的作品，更是一部我偏愛的作品。

這到底是夢境還是現實？

什麼是真正的惡夢？

希望各位和書中的主角一起尋找潛伏在睡鄉深處的殺人魔。

衷心祈禱各位今晚也有一個美好的夢。

結城真一郎

目次

常做的夢１

回過神時，發現自己站在被染成一片暗紅色的向晚天空下。

——多保重。

她握著我的手說。我輕輕點頭回應。

這是我常做的夢，而且每次都從這一幕開始。

——你不要露出這麼悲傷的表情。

她露出為難的表情笑了笑，我無法對她說：「我們還會見面吧？」

因為我知道，我知道不可以放開她的手。我知道一旦放開，就再也——。

抬起雙眼，一整排吊環整齊地晃動著。沿著海邊行駛的舊電車只有兩節車廂，我在前面那一節車廂。車窗外，灰色的天空和大海由右至左一閃而過。我環顧電車內，除了我以外，沒有其他乘客。她應該在第二節車廂。

突然發現旁邊的座位上放了一本很厚的書。厚實的皮革封面傷痕累累，封面上有很多英文字母——是一本外文書。翻開封底，發現裡面夾了張信紙。我輕輕拿起，打開一看。

『都怪你。』

車窗搖晃，發出轟隆的聲響，窗外的風景變成了漆黑的黑暗。我看著映照在車窗玻璃上的自己。電車駛入了隧道。

我猛然跳了起來。必須告訴她。必須告訴她接下來會發生什麼事，會有什麼樣的未來。如果不告訴她，就會為當初放開她的手抱憾終生。

我想要衝出去，但不知道為什麼，兩隻腳完全無法動彈，簡直就像陷入了沼澤，好像在蜂蜜中走路，身體漸漸失去了自由。不僅雙腳，腰、後背、肩膀和脖子也都陷了下去。

轉眼之間，電車駛出了隧道。車窗外再次出現陰鬱的天空和冬天波濤洶湧的太平洋。沒時間了。都怪你。她的聲音一次又一次在腦海中響起。都怪你。都怪你。都怪你。

隨著巨大的聲音響起，車廂傾斜，身體被拉向左側，右側的車窗玻璃碎裂，大量沙土灌了進來。分不清上下左右和前後，周圍劇烈搖晃，陷入一片混亂，旋轉的世界變得一片黑暗——。

然後，我站在沙灘上。許多連根拔起的樹木、大小不一的岩石、已經變成鐵屑的車廂殘骸。我只能站在這片荒涼之中。

——你用這把槍打死我。

我低下頭，看到她從瓦礫堆中露出上半身。沾到血跡和泥土的臉看起來髒兮兮，像是鐵管的東西從側面刺進她的腦袋。

——如你所願，裡面有兩顆子彈。

不知不覺中，我的右手握了一把手槍。必須救她。雖然腦袋理解這件事，但行動和內心的想法背道而馳。手臂慢慢舉起，把槍口對準了她的方向。

——你太性急了。首先要試試那把槍是不是真槍。

我把手指放在扳機上。

——啊喲，直接開槍嗎？

鮮血從她嘴裡流了出來——反正她已經沒救了。相反地，這樣反而可以救她。雖然我一個勁地這麼告訴自己，但仍然無法扣下扳機。淚水不停地順著臉頰滑落。

——廢物。

她失望地嘀咕著，緩緩把手伸向刺進腦袋的鐵管。

震撼大地的尖叫聲、四濺的血沫。

鐵管轉眼之間就貫穿了她的腦袋。

但是翻著白眼的她，嘴角露出了陶醉的笑容。

——我要不厭其煩地說，全都怪你！

沒錯，全都要怪我。

所以，我要親手了斷。

陰鬱的天空下，響起了清脆的槍聲。

序章

——他看起來就像做了惡夢，然後就在惡夢中死去。

這是在商務飯店「陽光神戶三宮」任職的男性員工A的證詞。二〇二〇年九月二十八日上午十一點三十分，飯店規定的退房時間已經過了一個半小時。但既沒有接到任何聯絡，內線也打不通。A發現不對勁，於是就拿了萬用鑰匙前往一六〇二室。

——我看一眼，就知道他已經死了。

身穿浴袍的滑川哲郎死在特大雙人床上。他瞪大了雙眼，張開的嘴巴好像樹洞般空洞。A毫不猶豫地報了警。

——雖然我不是警察，但也可以發現不對勁的地方。

滑川哲郎今年五十五歲，在淺草經營一家房屋仲介公司。已婚，有兩個正在讀大學的女兒。

——我難以相信他竟然會發生這種事。

他的太太真智子在向警方說明情況時，哭著這麼說。

——無論工作再怎麼拚，他甚至從來不曾感冒。

死因是睡眠時發生急性心肌梗塞，死者身上沒有任何外傷。推測死亡時間為前一天晚上八點到九點左右。他在晚上七點三十五分辦理入住手續，所以等於進房沒多久就死了。

勘驗現場後，並未發現有人進入房間的痕跡，館內的監視器影像除了死者以外，也並未拍到有其他人進入房間。窗戶必須用專用鑰匙才能打開，所有客房都沒有陽臺，因此從外進入極其困難，更何況房間位在十六樓，所以很難認為有他殺的嫌疑。

——反而是遺體以外，有讓人感到不自然的地方。

接到報案之後，緊急趕往現場的一名員警向上司如此報告。

——A說他費了好大一番工夫，才終於進入客房。

滑川似乎認為光是掛上防盜鍊還不夠，他把椅子和冰箱都搬到向內打開的房門前，還用電熱水瓶的電線纏住門把加以固定，別人根本無法輕易進入客房。

——不光是這樣而已。

滑川的枕邊放了一把手槍。扳機保險已經解除，彈匣內裝滿了子彈。

——從另一個角度來看，也可以認為他刻意把手槍放在一伸手就能夠拿到的位置。也就是說，他很可能希望自己在醒來的同時，可以用槍對準「某個人」。從他大費周章地設法讓外人無法輕易進入客房來看，也許他正面臨被「某個人」襲擊的危險。只不過在沒有證據的情況下，這些想法終究只是猜測。

但是除此以外，還有其他可疑的地方。比方說，從他的行李箱內扣押了大量子彈，而且那些子彈都和枕邊的手槍口徑不合。

——不知道為什麼，滑川身上帶了許多「無法發射的子彈」。

最啟人疑竇的就是折疊後放在桌上的信紙。信紙上只寫了「1002」這個數字，但是完全沒有留下任何線索可以推測這個數字所代表的意義，這個數字也和滑川沒有任何關係。

——一定是「死前留言」。

——請再給我一點時間，我覺得「有問題」。

但是警方得出的結論是「沒有他殺嫌疑」。

——老實說，我無法接受這個結論。

滑川的妻子真智子至今仍然認為是他殺。

——因為他的行為顯然和平時很不一樣。

那一天，滑川睡午覺醒來之後，臨時起意，自己訂了新幹線的車票和飯店，帶著行李箱出門後一路往西。他之前出差時，所有的安排都完全交給秘書處理，這一連串的行為的確很不自然。而且滑川沒有告訴任何人他出門的目的，和打算去哪裡。

——我老公到底為什麼去神戶？

在之後的調查中，釐清了幾件事。

首先是滑川二十七日當天的行蹤。他在傍晚六點三十五分抵達新神戶車站之後，搭地鐵來到三宮車站。七點二十分左右，把什麼東西寄放在車站的寄物櫃，然後就前往飯店，七點三十五分在飯店辦理了入住手續。結果進了房間就再也沒有出來，死在房間內。光是這些情況就令人匪夷所思，問題在於五天之後，監視器拍到有人拿走了他寄放在寄物櫃的東西。

——那個人絕對知道內情。

滑川的妻子真智子一再如此主張，但目前並不知道那個人的身分。

除此以外，警方也掌握到滑川從以前就和黑道分子關係密切的線索，他八成是透過這層關係張羅到手槍。他的遺物中有大量違法錄影帶——主要是未成年者主演的影片，另外，他從兩年前開始便瞞著家人接受憂鬱症的治療。這些全是連他的太太真智子都不知道的「另一面」。

但是，這些事全都無法證明滑川死於他殺，而且最大的癥結點在於滑川的死因是心肌梗塞。雖然他有一些可疑行為和不法行為，但無法推翻他是自然死亡這件事。

雖然相關承辦人員認為事有蹊蹺，但最後只好以「滑川死於心臟病發作」為這個案子結案。

——既然不是他殺，那就是像我說的那樣。

A從警方口中得知「排除他殺的可能性」時，說了這句很不合時宜的話。

——你有沒有聽說過「如果在夢境中死亡，在現實中也會死去」的都市傳說？

——滑川先生一定是做了惡夢，然後就這樣死了。

第一章　夢境計畫

1

「那些傢伙」遮住了陽光，所以周圍突然暗了下來。

「蝶蝶，你看。」

皆笑拉了拉蝶野恭平的襯衫下襬，他抬起了頭。

直徑足足有數十公里的巨大圓盤籠罩了整個天空。圓盤腹部的位置緩緩打開，發出了鈷藍色的閃光。莊嚴而靜謐的樣子令人產生壓倒性的絕望——。

路上的行人也察覺到眼前的異常狀況，紛紛停下腳步。女人不安地抱著男友的手臂，男人則興奮地對著天空舉起相機。雖然每個人的反應不同，但一定都感受到相同的動靜。

有史以來，人類從未遭遇過的狀況即將發生。

巨大的圓盤在藍光中吐出無數影子——八成是小型戰鬥機，看起來就像是一大群肆虐農作物的蝗蟲。上下起伏、聚集四散。自古以來，人類把蝗蟲稱為蝗害而心生畏懼。所謂的「害」，當然就是「災害」的意思。

「是不是因為不久之前電視節目《首映電影夜》播放了《ＩＤ４星際終結者》的關

係？」

恭平半開玩笑地說，試圖趕走眼前不平靜的氣氛。不久之前，電視上重播了這部老電影，一定是因為某個『造夢人』看了這部電影，腦海中對外星人入侵這件事留下了深刻印象，所以才會導致「那些傢伙」出現。恭平只是輕鬆地開玩笑，沒想到皆笑嘟著嘴說：「你這樣很破壞氣氛欸。」

這時，一隻「蝗蟲」急速下降。

「危險！」有人發出了尖叫聲，與此同時，一道藍色光線擊中了附近。

爆炸的氣浪把恭平震了出去，他的後背撞進了路旁商店的櫥窗。碎裂的玻璃割破了他的額頭、臉頰和手腕，他和被他壓倒的假人模特兒一起，頭部重重地撞到牆壁，忍不住叫了一聲「好痛」。

街頭頓時陷入一片混亂。行人抱頭鼠竄，汽車喇叭響個不停。到處都在爆炸，粉塵四處瀰漫。

他站了起來，拍拍衣服上的灰塵，再次跳到街上。不知道她是否平安無事。

「我們要保護地球！」

翔太站在噴著火的轎車引擎蓋上高舉拳頭喊著。十九歲的他目前是大學生，活潑開朗，比任何人更熱愛這個世界。我在七年前也像他那麼純真嗎？恭平忍不住苦笑起來。抬頭一看，從圍在車子周圍的戰友中，發現了一個高中女生身穿水手服的身影。是皆笑。她剛才應該也被爆炸的氣浪震飛了，但似乎毫髮無傷。話說回來，在這個世界，毫髮無傷是理所當然的事。

恭平跑向戰友，加入了他們。

「地面戰對我們很不利，我們也要飛上天空。」

翔太激動地說道，手上立刻出現了一把像是雷射槍的東西。

「你說飛上天空，要怎麼飛？」

皆笑大聲問道，避免聲音被周圍的爆炸聲淹沒。

「妳忘了嗎？這裡可是所有夢想都可以實現的世界——『夢托邦』。」

翔太的話音剛落，背上就出現了兩個火箭推進器。

「祝我們旗開得勝！」

火箭推進器點火之後，翔太就飛向了天空。

好主意。以這身裝扮在天空中飛翔應該很爽快。

戰友紛紛模仿翔太，各隨己願，備妥各自的裝備後加入了戰鬥。恭平發現包括自己在內，地面上只剩下三個人。

恭平思考良久，最後『創造』了一輛機車。但並不是以兩個車輪在地面上行駛的普通機車，而是可以飛向空中的特別款。

他騎上機車的同時，發動引擎，打開了油門。

「要不要搭便車？」

恭平問站在不遠處觀察的皆笑，她把頭轉向一旁說：

「我要留在地面。」

「喔，是喔。」

妳高興就好。恭平在內心罵了一句，正準備出發時，背後傳來一個聲音。

「我該怎麼辦？這裡好像很危險。」

她是最年長的『造夢人』京子，七十八歲。一頭梳得整整齊齊的白色短髮下，兩道白色眉毛呈八字形。她全身散發出的柔和氣氛完全不像是準備出發前往戰地的戰士，她身上的和服更讓人強烈感受到這一點。

「妳先上車！」恭平拍了拍後座。

京子的臉上掃過一抹猶豫之色，但很快點了點頭。

「我們也一起加入戰鬥。」

恭平抬頭看著在頭頂上飛來飛去的「蝗蟲」和戰友。

「要怎麼加入？」

「用這個把那些傢伙打下來。」

恭平在腦海中想像後，手上立刻出現了發出黑光的格林機槍。他把機槍交給了京子，對她說：

「讓大家見識一下狙擊手京子的厲害！」

雖然京子似乎還不是很瞭解眼前的狀況，但恭平騎著機車出發了。

他對著身後叫了一聲「小心不要摔下來」，然後持續加速。頭頂上下起了砲彈雨——沒關係，反正不會打中自己。我要拋開這一切。恭平握著機車把手，時左時右地壓低身體，在風中呼嘯穿梭。有車子在右側爆炸時，身體就壓向左側；如果左側的路燈倒下，就將身體壓向右側。他閃避著擋住去路的瓦礫堆，不顧一切向前衝。

「抓緊了！」

他握住把手，拉向自己身體的方向。他在真實世界中沒有騎過機車，所以不知道實際是否可以這樣操作，但在這個世界，『創造』的人可以支配自己創造的物品。也就是說，恭平可以自由決定這輛機車的性能。前一刻在地面行駛的輪胎立刻收進了車體，他全身都可以感覺到自己飛了起來。

「京子，接下來才是重頭戲！」

「好像很好玩！」

為了甩開追上來的「蝗蟲」，他時而急速上升，時而急速下降，時而緊急旋轉。在高樓大廈之間穿梭，向下俯衝迫近地面，然後穿越空中的通道，再次飛向天空。敵機接連被打中，冒著黑煙墜向地面。身後的格林機槍發出富有節奏的射擊聲，真是太悅耳動聽了。

「京子，妳應該很適合玩射擊遊戲。」

「我想到孫子生日時，要送他什麼禮物了。」

恭平看向地面時，發現戰友正在集合。雖然他很想繼續在天空中飛翔，但還是決定先去集合。

「京子，沒想到妳這麼厲害。」

兩人一下機車，翔太就率先向他們打招呼。

「很厲害吧？但刺激太過強烈，可把我累壞了。」

京子回答說，她的臉上的確露出了疲態。這就是這個世界厲害的地方。只要採取行動就會感到疲勞，一旦受傷就會感覺到疼痛，但是當然不會因為這個原因無法動彈，或是就這樣送命。

「但是這樣下去，事態很不妙。」

翔太一臉無所不知的表情，誇張地嘆了一口氣，指著頭頂上的母船說。抬頭一看，發現母船敞開的船腹有一個突起物對準了地面，周圍的空氣都朝向突起物的前端形成了漩渦。

「母船一定打算把這個東西射向地面。」

翔太就像調皮的孩子般雙眼發亮——恭平立刻領悟了他想要表達的意思。

「你的意思是，我們要在被攻擊之前打倒他們嗎？」

「完全正確，一旦真的射下來，地球就會毀滅。」

在電影中，敵船射向地面的主砲最多只是摧毀世界各國的主要城市而已，根本無法破壞整個地球，但在這個世界，姑且不計較這些細節。他剛才學到一件事，重要的是「不要破壞氣氛」。

「翔太，你有沒有看過《ＩＤ４星際終結者》？」

「當然有啊，所以我們來比賽看誰能夠拯救地球！」

這意味著所有人要同時飛向空中，第一個衝進主砲的人就是贏家。不可思議的是，那艘巨大的母船只要遭到攻擊就可以輕鬆摧毀。

其他戰友也在翔太的熱情堅持下，再次準備起飛。

這次只有京子和皆笑兩人留在地面。

「皆笑，機會難得，妳也一起加入吧？」

翔太邀請皆笑，但她搖了搖頭。

「喂，翔太，她都嚇死了，你不要勉強她。」

恭平急忙騎上機車，語帶調侃地說。

「你邀請沒有興趣的人加入，只會破壞氣氛。」

——你這樣很破壞氣氛欸。

恭平以牙還牙，用皆笑剛才說的話回敬了她——如果是現實生活中的自己，絕對不會說這種話。

「我並不是感到害怕。」

「妳的臉在抽搐。」

「少囉嗦，別小看我。」

「那就趕快上車啊。」

皆笑抿著嘴片刻，最後吐了一口氣說：「好吧。」

一直笑著觀察的翔太見狀，高聲向眾人宣布說：

「好，那現在開始倒數計時，數到零就出發，禁止偷跑。那就開始囉，三——」

恭平緊握把手的同時，發現車身微微下沉。皆笑坐上了後座。

「皆笑，既然妳要參戰，就帶上這個。」

在倒數計時的同時，身後傳來京子的聲音。回頭一看，她正把恭平剛才『創造』的武器交給皆笑。水手服配格林機槍，這樣的搭配很不錯。

「還有，妳把這個帶在身上去打仗不是很礙事嗎？」

京子指著皆笑身上背的書包。

「呃，不會啊。」

「妳要不要放在這裡？我負責幫妳保管。」

但皆笑仍然猶豫不決。恭平想起她的確隨時都背著書包，她的書包裡是不是放了什麼重要的東西？

「別擔心，我絕對不會讓外星人拿走。」

「喂，趕快決定啊，沒時間了！」

恭平催著油門，對著身後大喊。

「好吧，那就麻煩妳了！」

皆笑把書包交給京子的同時，倒數計時剛好數到「零」。

「出發！」

恭平頓時有一種被用力拉起的感覺，周圍的景色在轉眼之間漸漸融化——皆笑的歡呼聲響徹蒼天，她雙手抱住了恭平的腰。她手上的格林機槍不見了，可能在出發的同時丟掉了。算了，反正沒關係。因為恭平在那一刻感覺到，絕對不能放開她的手——他如此希望。絕對不能讓她的溫暖離開自己。

他抓著把手拉向身體的方向，把油門催到底。機車變得垂直，直直地駛向天空。只有翔太在他們前面。

「我要騎得更快！」

恭平緊追了上去，轉眼之間就把翔太拋在身後。

看看我的厲害。恭平正準備轉頭，突然好像被肉眼看不到的膜包覆般，身體無法繼續前進。他回過神，發現機車引擎冒著黑煙。不知道是因為騎得太快了，還是在不知不覺中遭到了敵機的攻擊。

——又是這種狀況嗎？

即使在所有夢想都可以實現的『夢托邦』，偶爾也會發生無法如願行動的現象。恭平最近才終於發現，這種情況和「普通的夢」一樣。恭平看向身旁，發現戰友也都一臉困惑的表情，完全動彈不得。所有人同時無法行動自如的現象很罕見，但不知道為什麼，在戰友中不見他的身影。

恭平有一種不祥的預感，低頭看向下方，立刻看到翔太頭朝下墜向地面。他身上的推進器引擎噴著火。他可能被打中了。距離地面大約一百公尺，如果就這樣墜落地面——。

恭平的心臟縮成一團，背脊竄過一陣寒意。

——咦？這不是做夢嗎？

「蝗蟲」大軍攻擊大都會、黑煙竄起、翔人墜落，還有皆笑坐在身後。這些都是電影中的情節，自己只有在夢境中才會見到他們。沒錯，這絕對是夢。但是，有什麼證據可以證明這是夢境？

恭平深吸一口氣之後，冷靜地看著四周。

想起了唯一可以證明這個世界是夢境的存在。

這時，他想起了一件事。

——找到了。

完全不在意被外星人攻擊，在被迫停在天空中的『造夢人』之間，優雅地飛來飛去的一隻「蝴蝶」——乍看之下，只是普通的鳳蝶，但真實世界中並沒有這種蝴蝶。那隻蝴蝶有四片很大的翅膀，後翅具有尾狀突起。每當翅膀悠然擺動，就時時刻刻變幻出鮮豔的色彩，簡直就像拉出一道彩虹。「她」是只存在於『夢托邦』的夢幻蝴蝶，名叫「蝴蝶」。

恭平確信這是夢境後，暗自鬆了一口氣。

「你是因為害怕，所以突然停下來嗎？」皆笑輕輕戳著他問。

「可能是因為妳太胖，所以超重了。」

「你這個人很不解風情，真的超沒品。」

恭平的後腦勺被打了一下，他催了油門，但機車還是無法前進。不一會兒，「蝴蝶」飛到了眼前——他忍不住伸出手。

——真羨慕妳啊，妳可以自由自在地活動。

下一剎那，強烈的藍白色閃光讓他感到眩目。母船發射了主砲。持續搖晃的迷濛世界逐漸消失在白光之中。全身被雪白的光球包圍，不可估量的衝擊襲來，在被震得粉碎的思考角落，恭平想到了坐在後座的皆笑。下次見面時，要再一起飛向天空。見面？要在哪裡見面？那還用問嗎？當然是在所有夢想都可以實現的世界——這個『夢托邦』。

恭平倏地坐了起來。枕邊的鬧鐘發出刺耳的聲音。他轉頭一看，發現柔和的朝陽從窗簾縫隙照進屋內。窗外的藍天中當然沒有巨大的圓盤。

這是計畫開始第六十天的早晨。

2

「你還記得『如蝴蝶般輕盈，像蜜蜂般螫刺』嗎？」

三個月前，身穿白袍的男人在恭平對面坐下後，一開口就問了這句話。他一頭短髮用髮雕固定，一身曬得很健康的小麥色肌膚，身材相當結實，卻有著一雙外眼角下垂的柔和雙眼，和渾身散發的活潑氣息不太相襯。恭平覺得眼前這個人似曾相識。

「蜂谷？」

「蝶野，好久不見了。」

恭平握住了對方伸過來的大手。對方活力洋溢，充滿自信。那是恭平隨著年紀增長，在不知不覺中失去的東西，但可以從對方厚實的手掌中充分感受到。

「沒想到竟然會在這裡遇到你。」

就在那一剎那，那一天的景象閃現在腦海。

——真希望有朝一日，我們可以上體育報的頭版。

——報紙上寫著：深受期待的兩顆明日之星「如蝴蝶般輕盈，像蜜蜂般螫刺」。

他抬頭仰望著向晚的天空，露出天真無邪的笑容。

——你是認真的嗎？

——我們不是要一起霸占領獎台嗎？

當恭平告訴他，自己上了高中之後，不打算繼續游泳時，他生氣地說。

——你選擇逃避，膽小鬼，你太令我失望了。

——我要再說一次，蝶野，你是孬種。

他背對著火紅的夕陽，咬牙切齒地說。

那是國中三年級的秋天，在放學途中的河岸旁發生的事。

恭平絕對不會忘記這些往事。

「國中畢業後就沒再見過面，所以有十年了。」

蜂谷說的這句話，把恭平的意識從「那一天」拉回了現實。雖然他背上冷汗直流，但故作平靜地問：

「你知道是我嗎？」

那一天，恭平來到位在虎之門的夢公司總公司大樓，想要瞭解某個「實驗」的詳細情況。以白色為基調的簡潔接待室內排除了所有不必要的裝飾，打造出很有品味的高級感，恭平覺得自己這種普通老百姓不該來這種地方。

「看到你的名字和年紀，我就猜想可能是你。因為哪有那麼多相同年紀，又剛好同姓同名的蝶野恭平？」

蜂谷瞥了一眼手上的資料夾。恭平也看到了像是病歷的東西，那八成是自己的客戶檔案。老同學久別重逢，立刻進入正題未免太不解風情。

「沒想到你竟然在這裡上班。」

「因為我沒辦法成為游泳選手。」

恭平剛才那句話毫無諷刺的意思，所以聽了他的回答不知道該怎麼答腔，但蜂谷一派輕鬆的樣子。

一問之下才知道，蜂谷在高中二年級時膝蓋韌帶受了傷，這也成為壓垮他夢想的最後一根稻草。如果沒有受傷，我現在就是國手。他扮著鬼臉說，但他太成熟了，已經和「天真無邪」這幾個字無緣了。

「但是以結果來說，我認為還是這樣比較好。」

蜂谷上了大學之後，修了聽說可以輕易取得學分的心理學。雖然他當初的動機並不單純，但漸漸對人在睡覺期間做的「夢」產生了興趣。

「世界各地有關夢境的軼聞不勝枚舉。比方說，眾所周知，縫紉機的發明和苯環的發現都和做夢有關，你應該也曾經聽說，薩爾瓦多．達利畫下了他在夢中的心象風景。最近，網路上還盛傳『有同一個男人出現在世界各地不同人的夢境中』這種都市傳說，那就有點太靈異了。」

蜂谷並不在意恭平沒有認真聽他說這些話，繼續口沫橫飛地說著。恭平忍不住感到後悔，早知道應該馬上進入正題，但同時也很羨慕蜂谷，即使到了這個年紀仍然有讓他如此熱中的事。

「不好意思，開場白有點太長了。我想要說的是，無論在什麼時代，夢境都令人著迷。」

蜂谷也和許許多多的前人一樣，投入了夢境的研究。

「只不過我是現實主義者，並不相信夢境占卜或是預知夢之類的事，而且完全沒有興趣。比起來，我更想用科學的力量瞭解夢境，正因為這個原因，這家公司是我唯一的選擇。」

夢公司是目前最受矚目的新創企業，提出「讓夢境成為科學」的願景，最近也持續發表多項令人難以置信的研究結果，引起社會的關注。這家公司成功地讓嗅覺和觸覺能夠在夢境中發揮作用，發現了可以人為創造、維持「清醒夢」的方法，同時證明了植物人一直在做夢——。

銷售特殊營養補充劑「斐利特司」是這家公司的主要業務。雖然公司的主要業務是銷售營養補充劑聽起來不免讓人心生疑慮，但畢竟是大力宣傳「讓夢境成為科學」的公司，這款營養補充劑的效果獲得公認。這項商品的廣告詞是「睡前一錠，惡夢散盡」——可以調整正腎上腺素、血清素和乙醯膽鹼等神經傳導物質在睡眠時的分泌量，讓人更容易做好夢。雖然不知道其中的原理，但的確有很多人因此獲得了「安眠生活」。

恭平也不例外地正在服用「斐利特司」。每個月一次，夢公司都會定期寄一定分量的「斐利特司」到家中，想必已經被歸類為重度使用者。正因為是重度使用者，才會接到「特別客人限定」的「特別介紹」掛號信。那封信最後寫著，歡迎蒞臨本公司聽取詳細說明，並禁止所有攝影、錄音和錄影行為，一旦有這種行為——。

「改天再好好敘舊，差不多該進入正題了。」

蜂谷輕咳一聲後坐直了身體。嚴格保守祕密，不可告訴他人。終於可以瞭解在徹底的資訊管理之下，充滿神祕色彩的「邀請函」的實際內容了。

「你是否願意成為實驗對象，參加某項『實驗』？這個實驗的正式名稱是——」

『夢境計畫』。計畫的內容顛覆了傳統的常識，令人難以置信。

「雖然聽起來有點矛盾，但這個計畫並不是讓人無法安眠，而是剛好相反。這個計畫會邀請七個不同年齡、性別和屬性的受試者在九十天當中，每天晚上都在夢境世界共同生活。夢境的世界是另一個現實。」

恭平完全無法理解這個計畫的內容，只能勉強擠出一聲冷笑。

「我完全聽不懂是怎麼回事。」

「這是我們賭上公司命運的極機密計畫。目前在公司內，只有一小部分人知道這項計畫，當然也沒有對外公開，是在完全封閉的狀態下執行這項計畫。因為這項計畫的內容無論在法律上還是倫理上，都遊走在邊緣地帶。」

恭平覺得聽起來似乎是一項「危險」的實驗，但比起猜疑，蜂谷熱切的態度激發了他的好奇心。

「我可以斷言一件事，一旦普及，整個世界就會發生改變。因為在睡覺期間，每個人都可以活在自己理想的人生之中。你不認為這件事超厲害嗎？」

為了能推動這項計畫的實際運用，第一次邀請「普通人」成為實驗對象進行實驗。

「但是，如果你答應參加，當然必須簽名同意。」

除了同意公司方面蒐集個人資料以外，還要保證不向第三者透露實驗內容。同時還必須同意「即使實驗導致身心出現不適，夢公司也不需負任何責任」。

「但其實沒有任何危險的事，這些條款只是以防萬一。只要每天晚上在固定的時間睡覺，然後和其他人在夢境的世界共同生活，早晨起床之後，報告在那裡發生的事和當時的心情。正確地說，除此以外，每個月還要接受兩次定期健康檢查，但差不多就只是這樣而已。」

蜂谷理所當然地跳過了詳細說明「在夢境的世界共同生活」這個部分，但整件事實在無法令人輕易相信。

「但是，要怎麼做？」

蜂谷似乎預料到恭平會問這個問題，他緩緩舉起了一個透明的、像是真空包裝的東西。恭平定睛一看，發現是一個超微型晶片。差不多只有一毫米見方的大小，是肉眼勉強能夠看到的尺寸。

「把這個植入大腦中，很簡單，也幾乎沒有疼痛，轉眼之間就可以搞定。」

他又接著拿出一個閃著銀光，看起來像是電動刮鬍刀的裝置。原本該是刀片的部分是射出口，側面有一個按鈕。

「只要對著腦袋按下按鈕，噗嘰一聲就搞定了。」

蜂谷把射出口對著自己眉心上方的位置。

「這是現代科學終於抵達的『臨界點』。」

晶片的功能超越了恭平能夠理解的範圍，讓他忍不住想要發笑。

「雖然這麼說很煞風景，但做夢其實就是睡眠中大腦的活動——也就是以神經傳導物質作為媒介的電訊號的組合。反過來說，只要向大腦輸入適切的訊號，就可以『輸出』我們想要的世界。」

一旦進入睡眠狀態，晶片就開始進入實驗對象的大腦，解析腦波，瞭解實驗對象做夢的內容。

「晶片蒐集每個人的腦波資料之後，立刻在伺服器上『同步』——也就是進行演算處理，整合成合情合理的情境。接著，每個人的晶片再向大腦『輸入』訊號。然後就會發生不可思議的事——實驗對象可以擁有相同的夢境世界。」

以日前的技術，晶片最多只能控制七個人，即使如此，已經可以稱之為奇蹟了。蜂谷又接著說明了詳細的構造，但恭平從中途就放棄理解了。

「太荒唐了——」

「無論是過去還是現在，人類都在追求荒唐的夢想。你有什麼想問的問題嗎？」

時間太倉促，恭平還無法理解所有的一切，如果要他列舉出難以置信的事，簡直不勝枚舉。人在這種時候，往往只會問一些很平庸的問題。

「其他六個人是怎樣的人？」

「啊啊，」蜂谷似乎有點洩氣地抓了抓頭。

「很遺憾，我並不知道。」

「你不知道？為什麼？」

「因為除了董事長以外，只有少數幾個人知道這個『實驗』的全貌。雖然我剛才說得煞有介事，但其實我只是『底層』的小角色。」

他剛才說，這個實驗是極機密中的極機密計畫，似乎並非說謊。

「雖然是這樣，但成員的姓名和年齡有什麼好保密的？」

「你太擔心了。只要你們一起做做運動，很快就可以混熟了。」

「也許吧，但這樣的話，七個人就有點尷尬。」

「藤球怎麼樣？剛好可以比賽，連裁判都有了。」

「沒有人知道藤球的比賽規則。」

糟了，扯太遠了。雖然學到了冷知識，知道藤球比賽是三對三，但這並不是他真正想知道的事。

「為什麼會選中我？」

據說目前有兩成的民眾服用「斐利特司」，怎麼也想不透自己為什麼會被挑中成為這個賭上公司命運的實驗對象候選人。更何況窗口還是以前的老同學，不禁覺得其中有人為的因素。

「哼哼。」蜂谷聽了他的發問，發出一聲冷笑。

「你似乎誤以為自己被選中，但候補人選並不是只有你而已。」

恭平為自己問了一個無聊的問題感到無地自容。這也是理所當然的事。即使用常識思考，自己也不可能是唯一的人選。在人數龐大的顧客中，隨時可以找到其他人代替。但是，蜂谷露出了意味深長的笑容。

「我的任務是在『二十多歲的男性』中挑選適當的人選，在實驗結束之前，我都必須陪跑。只要符合這個條件，照理說並不是非你不可——」

蜂谷的這番話似乎話中有話。恭平猜得沒錯，他立刻繼續說了下去。

「但是在這些候補者中，你的確是最重要的人物。因為董事長本人熱切希望你可以參加。」

這時，恭平腦海中靈光一閃。第一次購買「斐利特司」時填寫的客戶資料中，有以下這兩個問題：「目前是否有任何睡眠方面的疾病？」、「如果不介意，請告知具體的疾病名稱。」——當時，他的確填寫了基於自己身上唯一的特殊性，必須重度服用「斐利特司」的理由。

「是因為我罹患的疾病嗎？」

蜂谷點了點頭，隔著桌子探出身體，把臉湊到恭平面前。

「發作性嗜睡症——俗稱猝睡症。據說發病率是每兩千人中有一人會罹患猝睡症，這是目前還有很多未解之謎的睡眠障礙。我們認為，這個實驗對這種病症可能有某種程度的效果。」

3

「好，大家似乎都到齊了。」

回過神時，恭平發現自己站在黑板前。這是一個隨處可見的教室，感覺似乎曾經來過，又好像沒來過，但有一種懷念的感覺。

這是計畫的第一天。值得紀念的第一天晚上，舞台似乎是某所高中的教室。

——顯意識和潛意識是『夢托邦』的關鍵。

他的腦海中立刻想起了蜂谷之前的說明。

——我知道你不可能理解所有的情況，所以我簡略說明。

——做夢可以理解為「潛意識在玩弄顯意識」。

也就是說，夢的根據地是大腦新皮質——初級運動皮層、體感皮層和聽覺皮層等掌握人類知覺領域的大腦部位。一旦進入睡眠狀態，平時不會浮出表面的潛意識就會顯現，在這些部位引起缺乏規律性的神經反應，結果就造成接連產生毫無脈絡可循、宛如連環畫劇般的情境。

——前額葉皮質負責整合這些不規則的情境。

前額葉皮質是大腦的總司令，和思考、創造性、推論與做出決定等多樣化功能有密切關係，也是顯意識的所在地。雖然顯意識努力試圖將毫無秩序的心象整理成富有整合性的故事，但是面對潛意識引發的「心象洪水」，顯意識通常束手無策。結果就造成公司的同事出現在小學，或是原本在和家人一起吃飯，一轉眼又變成從飛機上跳下來等亂七八糟的夢境。

——植入大腦的晶片就負責梳理工作。

晶片解析所有參加者的潛意識，也就是大腦新皮質上的神經反應，蒐集每個人正在做的「夢」，在零點幾秒的時間內於伺服器上「同步」處理，完成可以控制的故事後，以電訊號的方式回饋給大腦。說起來就是針對「心象洪水」進行治水——『夢托邦』便是具有穩定性的參加者的潛意識集合體。之所以會對這個教室產生「似曾相識的感覺」，就是恭平的潛意識也對基礎的心象有所貢獻。

——可以想像一下顏料、畫筆和畫布。

A的潛意識是紅色，B的潛意識是藍色，兩者混合之後產生的紫色顏料就是『夢托邦』，也是夢境當下的世界觀。但是，每個人潛意識的顏色時時刻刻都在改變，而且同時進入睡眠狀態的參加成員和每個人的睡眠深淺等許多變數會產生相互作用，所以無法預測會變成怎樣的世界。

——你們這些『造夢人』就像是畫筆，使用筆尖沾上的紫色顏料在畫布上畫出各自的理想。

因為晶片的作用，前額葉皮質不必處理「洪水」的問題，能夠充分發揮能力，自由自在地進行思考、想像和做決定。這就是俗稱的「清醒夢」，也就是「在夢中意識到自己在做夢」的狀態。參加這個實驗的『造夢人』能夠維持和持續意識到自己在夢境中這件事。原來如此，蜂谷說的沒錯，雖然眼前的情境很有真實感，會讓人以為是真的，但仍然可以憑直覺瞭解這裡是夢境。

恭平緩緩打量教室，三個女生在教室角落有說有笑，幾個男生正在用掃把玩打仗遊戲。他們完全不在意恭平的存在，也許因為他們都是某個人潛意識的投影，也就是『臨時演員』的關係。

——除非『造夢人』主動採取行動，否則『臨時演員』不會積極和你們接觸。

據說這是分辨主角和配角的方法。教室前方中央有好幾個人向恭平投來好奇的眼神，他們應該是主角『造夢人』。

「哥哥，請你也簡單介紹一下自己。我們剛介紹完。」

最前排托著腮的男生瞇眼笑著說。他的眼尾下垂，虎牙好像很害羞地探出頭來。他的年紀看起來不像是青年，也許更像是少年。用髮蠟稍微抓過的中長髮看起來有點像花花公子，但從他的緊身牛仔褲和白色V領T恤的自在打扮，可以感受到一種不像是臨時改變造型的清潔感。

「啊，在問別人的名字之前，要先自我介紹。」

他扮著鬼臉，聳了聳肩說：

「我叫翔太，飛翔的翔，太陽的太。託各位的福，我是朝氣蓬勃的十九歲大學生。總之，接下來三個月請多指教。」

他說話的語氣，似乎覺得這個世界很「正常」。恭平見狀，突然失去了自信。這裡真的是夢境中嗎？

——想要分辨是夢境還是現實的最簡單方法，就是試著『創造』。

『創造』就是可以隨心所欲創造任何東西的能力——無論是有生命的東西或是沒有生命的東西，甚至是現實中根本不存在的虛構東西，也可以自由地創造出來。

恭平試著想像了手槍。沒有特別的理由，只是因為剛才看的電影是有很多槍戰的俠義故事。

「喂喂，大哥，你不要一見面就這麼嚇人。」

翔太身體後仰想要閃躲。這也難怪，因為恭平的右手上立刻出現了一把幾可亂真的精巧手槍。

——『創造』的人可以支配自己創造的物品，而且可以自由自在地操控。

他朝向窗戶扣下了扳機。槍口射出的並不是子彈，而是閃光。綠色的光束打破了窗戶玻璃，發出嘩啦嘩啦的巨大聲響。雖然看起來像手槍，但性能是虛構的雷射槍。完全符合他的想像。

——『創造』的物品只能由創造的本人消除。

——這是和『創造』相反的行為，也就是『重設』。

恭平消除了手槍後，向其他皺著眉頭的『造夢人』鞠躬道歉。

「對不起，嚇到你們了。因為我不相信這裡是夢境，所以做了魯莽的事，現在終於相信了。」

他看向教室後方的天花板附近，那裡有讓他產生確信的另一個理由。

——如果即使如此，仍然快要忘記自己身處夢境之中，就可以尋找「她」的身影。

——那是『夢托邦』的絕對象徵。無法消除，也永遠殺不死。

既然稱之為「她」，顯然設定為雌性。那是只在「實驗」舞台『夢托邦』生存的虛構存在，俗稱「蝴蝶」——只要看到蝴蝶，就知道「這裡是夢境」。蝴蝶張開的翅膀應該超過二十公分，身帶彩虹，從容優雅的蝴蝶在教室後方飛來飛去。

「我叫蝶野恭平，今年二十六歲。呃，請多指教。」

在自我介紹時，恭平難掩困惑。因為他覺得無論再怎麼詳細地介紹自己，都沒有任何意義。

——『造夢人』在『夢托邦』內，可以擁有「理想的自己」。

——比方說，「鏡子中的自己」和「照片中的自己」看起來不是會有微妙的差異嗎？
據說這是基於各種理由，才會產生這樣的差異。因為鏡子中的影像左右相反，拍照片時可能沒有做出自己滿意的表情。總之，蜂谷想說的是，「別人眼中的自己」和「希望自己在別人眼中的樣子」不一樣。

——但是在『夢托邦』，『造夢人』可以擁有「希望自己在別人眼中的樣子」。無論是外貌或是能力，反正就是你會比真實世界中的自己更帥。

其他成員當然也一樣。目前出現在恭平眼前的『造夢人』，外貌都超過平均值。這根本不足為奇，因為這是每個人「理想」的反映——也就是捨棄了所有自卑的「虛象」。在這樣的人面前，自我介紹「真實世界中的自己」到底有多少意義？

——雖然並非完全沒有意義，但這個「實驗」有一個絕對必須遵守的規定。

——絕對不可以在真實世界和其他『造夢人』接觸。

如果想要和其他人接觸，在夢中問對方的聯絡方式，然後在真實世界見面的確不是不可能的事。但是，蜂谷在這個問題上很堅持。

——沒有例外，絕對不行。你無論如何都要答應這件事。

根本不需要答應，因為做這種事完全沒好處，而且甚至可能有危險。這就和那些可疑的「交友網站」一樣，即使在夢境中相處，也無法瞭解對方在真實世界的狀況。

其他人也紛紛自我介紹。

一個溫和的老婦人說自己叫京子，還有一個金髮的女生奏音，和另一個妖豔的成年女子紅葉，外加一個沉默寡言，很神經質的紳士阿虻。以及——。

輪到一名身穿水手服的高中女生自我介紹。

「我叫田中皆笑，皆笑就是人人『皆』歡『笑』的意思。請多指教。」

她穿著純白的襯衫，繫著天空藍的領巾，位於膝蓋上方十公分的裙子應該違反了校規。及肩的微鬈頭髮染成褐色，瘦瘦高高，鼻子很挺，眉清目秀。雖然眼前的狀況很不真實，但她絲毫沒有失去冷靜。說得好聽點，是她保持了平常心，但是用「冷漠」這兩個字來形容似乎更加貼切，而且不像是青春期特有的叛逆，更像是某種近似灰心的感覺。

恭平的視線移向她的桌子，發現桌上放著折疊式的傳統手機，旁邊是ＭＤ隨身聽。恭平目不轉睛地打量著，她用略帶惱怒的語氣問：

「怎麼了？」

「啊，對不起，沒事。」

她使用這些「古董」是某種堅持？抑或是某個人的遺物？還是覺得更換碟片的不方便很有味道？總之，她擁有一個不容他人輕易闖入，只屬於自己的世界。即使在學校時，同學應該也無法輕易靠近她。

「我說完了，請多指教。」

她在最後稍微放鬆了嘴角——那是很甜美，卻帶有一抹陰影的微笑。

——不知道她在真實世界中，也會像剛才一樣露出笑容嗎？

真想見識一下。恭平的內心產生了這樣的衝動。不知道自己的手是否能夠觸摸她的臉頰、她的嘴唇。雖然知道這是違反多項禁忌的行為——。

「咦？我還以為蝶蝶是最後一個。」

教室內響起了翔太的驚叫聲。蝶蝶應該是指自己。剛才的自我介紹太遜色，所以連比自己年紀小的人也很快不把自己放在眼裡。恭平苦笑著看向身旁，發現像是熱霧般的東西晃動著，漸漸形成「人的樣貌」。

一名身材壯碩的中年男子現了身。不知道是否因為下巴周圍有太多贅肉的關係，完全看不到他的脖子。他身穿黑色馬球衫配白色長褲，雖然想要扮年輕，但和他的年紀有點不相符。左手腕上閃亮的金錶很顯眼，有點讓人討厭。

「喔喔，太猛了，簡直就跟真的一樣。」

男人自我介紹說，他叫滑川哲郎，根本沒有人問他，他就說自己「是東京淺草一家房屋仲介公司的老闆」，讓恭平聽了很不爽。

「所以，我們這幾個人在接下來的九十天，每天晚上都要在夢境世界打交道。我相信會發生很多狀況，但還是希望相處愉快。」

翔太總結後，率先走出了教室。因為時間還早，所以他似乎打算在校舍內探險。

——的確感覺會發生很多狀況。

恭平這麼想著，和其他『造夢人』一起走出教室。

「實驗」平靜地拉開了序幕。在這個時間點，應該沒有人預料到之後會發生的狀況。除了一個人——。

4

回過神時，發現自己正坐在夜行巴士的座位上。那是兩人座位靠窗的位置，抬頭一看，「蝴蝶」在車頂附近飛舞。

計畫進入第七天。終於適應了在這個世界的生活。

「不知道要去哪裡。」

右側傳來一個女人的聲音。轉頭一看，一頭亮眼的金髮進入視野。

她叫奏音——記得她好像自我介紹說是演奏的奏，音樂的音，但老實說，恭平的記憶有點模糊。

——我「名不副實」。

恭平只記得她當時這麼說，然後自嘲地笑了笑。她今年二十四歲。之所以會清楚記得這件事，是因為她和恭平的女朋友同年。奏音中等身材，不胖也不瘦，皮膚有點黑。一雙細長的眼睛是內雙眼皮，只是眼睛分得有點開。一頭鬈曲的金髮成為她的標誌，每次都穿寬鬆的牛仔長褲和鮮紅色的露肩上衣。雖然恭平知道這是偏見，她戴上水滴型墨鏡的日子，感覺她是那種會在嘉年華會或是夜店裡玩得很瘋的人。她全身散發出「我是不是很美？」的氣場，總是讓恭平有點畏縮。真不知道她覺得自己哪裡「名不副實」。

「對啊，不知道要去哪裡。」

恭平的額頭貼著車窗，定睛向外細看，隱約看到了窗外的樣子。是沿海的高速公路嗎？在只有月光的黑夜，似乎勉強看到了打在沙灘上四濺的白浪。

回想起來，這一個星期以來，幾乎不曾和奏音說過話。雖然並沒有刻意避開她，但坐在一起時，真的不知道該聊什麼。

「我可以問你一個問題嗎？」

奏音微微歪著頭問。她毫不猶豫地沒有使用敬語，這種說話方式反而讓人感到輕鬆。

「你覺得我這個人怎麼樣？」

「啊？」

「沒關係，你可以把你的感受直接說出來。」

意想不到的問題讓恭平有點不知所措，但重新觀察後發現了一件事。

「我猜想妳應該是在歌頌青春。妳長得很漂亮，整體感覺也很亮麗，但是——」

「但是？」

「妳看起來好像在害怕什麼。」

她呆若木雞地愣在那裡，隨即好奇地探出身體。

「你為什麼會有這種想法？」

如果要說明就必須說出自己的一個「祕密」，自己有必要為她做到這種程度嗎？恭平正在思考這個問題時，她又繼續問道。

「蝶蝶，你是做什麼工作的？」

「為什麼這麼問？」

「咦？這不是什麼奇怪的問題吧？」

聽了她的回答，恭平才發現他們雖然共同生活了七天，但『造夢人』並不是很瞭解彼此。為什麼？因為大家都憑直覺瞭解。沒必要主動從夢中清醒。試圖瞭解彼此的身分就是讓『夢托邦』和現實世界產生交集。雖然也有像滑川那樣主動公開自己是老闆的情況，但基本上大家都盡量不打聽彼此的身分，正因為如此，恭平對於在這個世界公開自己的身分產生了猶豫。

「我對於在這個世界能夠像這樣和大家聊天感到非常高興，所以想要進一步瞭解大家。」

——妳真奇怪。

雖然恭平這麼想，但並沒有說出口。

「蝶蝶，你有沒有養寵物？」

她又發問了。「不，我沒有。」恭平簡單回答後，再次看向窗外。

「喔，這樣啊。」

她似乎並不在意恭平沒有認真回答她的問題。不知道她純粹只是好奇，還是背後有什麼其他的意圖？恭平無法瞭解她的真正目的。

「我養了刺蝟，牠真的超可愛。」

她說她養的刺蝟名叫海膽，性別是公的，是個調皮搗蛋的小傢伙，每天晚上都會試圖從籠子裡逃走。

「牠超療癒的。只要成功逃出籠子，海膽就會開心地在地板上跑來跑去一整晚。八成現在也是，根本沒發現我正在睡覺。」

恭平聽到她這麼說，再次意識到眼前的她在真實世界中正在睡覺這件事。雖然知道這件事，但是仔細思考後就有一種不可思議的感覺。

「我認為海膽應該沒有任何煩惱，只是憑本能行動，至少我認為是這樣。牠生活的世界沒有惡意，也沒有欺騙，這讓我羨慕不已，所以海膽在房間內跑來跑去，我就會感到很安心。」

「原來是這樣。」恭平只能不痛不癢地附和。

「不好意思，我一直說話。」

原本注視著椅背的她轉頭看了過來。她好像在訴說什麼的雙眼似乎有點內斜視，恭平再次從她的眼眸中發現了她剛才問：「你覺得我這個人怎麼樣？」時，也曾經露出的「幽微希望」——恭平當然不可能瞭解那到底是什麼。但是在剎那間看到的那個「光」，竟然讓他產生了親近感。原來她也和自己一樣——。

「我辭職了，所以目前失業中。」

恭平突然開了口，奏音愣了一下，瞪大了眼睛，但立刻露出滿面笑容附和說：「是喔。」

「妳有沒有聽過發作性嗜睡症？」

「發作性……那是什麼？」

「是一種俗稱猝睡症的疾病，鮮為人知，有很多不明之處，這方面的醫生也很少。據說是遺傳的體質和壓力等環境因素造成的，但目前還無法瞭解根本的原因——」

這種疾病的發病年齡主要介於十幾歲到二十五歲之間，但很多當事人並不認為這是疾病，因而沒有及時發現。恭平在踏入社會工作之前，也完全沒有意識到自己有這種疾病，一直以為是因為年輕的關係，或是因為身體太累了，人生太無聊等諸如此類的原因，才會突然想睡覺。

恭平不顧一切地向奏音說明了至今為止的情況。大學畢業後，他進入一家大型綜合商社任職，只不過沒多久就發現自己不對勁。

「坐在辦公桌前，或是參加重要的會議、在招待客戶吃飯時，都會產生無法忍耐的強烈睡意，而且經常這樣倒頭睡去。上司起初只是調侃說：『是不是昨晚參加聯誼喝太多了？』但日子一久，也終於動了怒。」

——蝶野，你真的太過分了。你到底想不想工作？

——你給我認真點，小心我換掉你。

恭平當然想工作，至少沒有不想工作。而且他自認為工作很認真，卻無法對付突然襲來的睡意。他隨時準備了罐裝黑咖啡，一旦覺得不對勁就用原子筆戳自己的手心，但經常回過神時發現自己又睡著了，同事都在背後議論紛紛，「那傢伙今天又打瞌睡了」。

這種日子持續了大約三年，他漸漸失去了別人對他的信賴。他的椅背上每天都被貼上寫著「沒有責任感的傢伙」的紙張，只不過他根本無能為力。一年前的某次會議上，周圍的人內心累積的不滿終於爆發了。

「在董事發言時，我不小心睡著了，手上拿著的大量資料掉在地上，發出了很大的聲音。」

——你去看醫生，找醫生看一下腦袋哪裡有毛病。

上司怒不可遏地丟下這句話，恭平隔天請了特休，聽從上司的指示一大早就去了附近的大學醫院。原本覺得既然上司這麼說，自己就這麼做，也想藉此讓上司難堪。只不過明顯感覺到自己不對勁的不是別人，正是他自己。

問診、血液檢查，同時又做了腦波和心電圖檢查，花了一整天的時間做了各種不同的檢查，在經過多次睡眠潛時測試之後，終於瞭解了原因。

「主要症狀就是白天嗜睡，入睡前的幻覺，以及猝倒症等。」

「最後那個我有點不太瞭解。」

「就是當喜怒哀樂等感情強烈時，身體的一部分或是全身會突然變得無力的症狀。有可能只是說話口齒不清，或是膝蓋發抖等輕微的症狀，也可能是導致癱倒在地上的嚴重情況。很遺憾的是，我屬於後者。」

恭平在接受診斷之後，便向公司辭職。現階段缺乏有助於改善症狀的治療方法，無法進行根本性的治療。如此一來，不難預料今後在職場也會持續遭到冷眼。當然，在醫生明確診斷出他「有病」之後，風向可能會改變，但是要尋求周遭的理解，說起來簡單，做起來可沒那麼容易。至少恭平無法再繼續忍耐了。

——你去看醫生，找醫生看一下腦袋哪裡有毛病。

在這家公司，不，也許在這個世界，根本找不到自己的容身之處。這種焦躁感排山倒海而來。在被診斷出疾病之後，畫出了一條明確的線。原來自己屬於「不正常的人」。

「奏音小姐，妳該不會在服用『斐利特司』？」

她驚訝地瞪大了眼睛。

「你怎麼會——」

「因為我也一樣。而且正是因為這個原因，夢公司才會來問我們是否願意參加『夢境計畫』。」

恭平之前就知道「斐利特司」這項商品，但一直覺得很可疑而不敢輕易嘗試。但是那時候顧不了那麼多，解決燃眉之急最重要。他抱著一線希望徵詢主治醫生的意見，沒想到主治醫生笑著說：「搞不好會發生有趣的結果。」

——做惡夢的次數減少，或許會有正面的影響。

猝睡症的症狀之一，就是入睡前會產生幻覺。回想起來，他發現自己從小在入睡時就經常做惡夢。這不是比喻，而是真的做惡夢。可怕的怪物闖進他的房間。當那些怪物逼近時，他全身無法動彈，即使想要求救也無法發出聲音。之後漸漸長大，變成了那天在河岸旁的樣子。

——你選擇逃避，膽小鬼，你太令我失望了。

——我要再說一次，蝶野，你是孬種。

他對狠狠向自己說出這些話的好友產生了近似殺機的憎惡。那到底是夢，還是現實？自己現在是醒著，還是睡著了？

服用「斐利特司」一年，效果很理想。不僅做惡夢的次數減少，白天產生強烈睡意的次數也比以前減少很多。俗話常說「病由心生」，也許是某些心理要素抑制了症狀。曾經有一段時間，他因為擔心「萬一突然想睡覺怎麼辦？」而減少外出，最近有改善的傾向。如果這個「實驗」可以獲得更理想的結果，自己或許也能夠恢復正常的生活。

「對不起，我也說了這些無聊的事。」

終究只是在夢境中相遇的對象，但因為覺得在她的眼眸中看到了相同的「折射光」，才會向她詳細地說明自己真實生活的情況。這個世界是自己的容身之處，真實生活才是惡夢——對此深信不疑的「扭曲的希望燈火」。

奏音聽完恭平的話，靜靜地閉上眼睛。

「太好了，原來大家都一樣。」

「啊？」

「應該說，正因為這樣，我才會問你那個問題。你和我散發出相同的氣味，所以我才想知道，你眼中的我是什麼樣子。」

「這是……」

這是什麼意思？恭平原本想這麼問，但整輛巴士突然向左傾斜。右側的車窗玻璃碎裂，大量沙土灌了進來。慘叫聲和尖叫聲不斷，周圍劇烈搖晃，陷入一片混亂，旋轉的世界變得一片黑暗——。

恭平緩緩坐了起來，環顧四周。

這裡似乎是沙灘。許多連根拔起的樹木、大小不一的岩石、已經變成鐵屑的巴士殘骸。好幾具屍體混在其間，每一張臉都很陌生，但他仍然想吐。

這時，恭平失去了「自覺」。

這裡到底是夢境？還是真實世界？——由於這是「實驗」開始第七天，第一次遇到這種事，因此他完全忘了該如何因應這種情況。

「大家還好嗎？」

遠處傳來翔太的叫聲。恭平沒有看到奏音的身影，但他轉頭看向聲音傳來的方向，準備告訴翔太，自己平安無事。

就在那個剎那，恭平發現了「他」。

應該說是無意中發現的。在三十公尺前方的海岸邊——發現了下半身斷裂，只剩下上半身的蜂谷倒在那裡。即使在夜晚的黑暗中，也可以發現蜂谷周圍的海水表面浮著一層黏稠的物質。

「喂，蜂谷！你——」

恭平不顧一切地跑了過去，在只差一點就跑到蜂谷身旁時，突然無法繼續前進。低頭一看，發現自己的雙腳沉入沙灘。必須去救他。他也許還活著。但恭平的身體漸漸被埋進了沙灘，無法動彈。恭平一個勁地叫著蜂谷的名字，幾乎快把喉嚨都喊破了。

「蝶蝶！」

聽到叫聲，恭平轉動勉強可以活動的脖子。奏音跑了過來。

「你看！」她指向沙灘，「這裡是夢境！」

沙灘上立刻出現了一隻刺蝟——雖然恭平看不出來和其他刺蝟有什麼差別，但那一定就是她飼養的海膽。不知道是否因為事出突然被嚇到了，海膽發出「呼咻呼咻」的急促呼吸聲立刻縮成一團，看起來好像一顆帶著刺殼的栗子。

恭平這才終於想起，眼前這個女生並不是魔術師，不可能讓刺蝟突然出現在沙灘上。

他不再對岸邊的「屍體」感到害怕。因為他知道那只是潛意識投射的『臨演』而已。所以，這裡是——。

——回想一下顏料和畫筆的比喻。

恢復平靜的腦海中，響起蜂谷的聲音。

——我建議你定期確認「這裡是夢境」這件事。

——這就像是「為即將乾掉的畫筆沾上顏料的作業」。

畫筆一旦徹底乾掉，就無法再畫出任何東西，於是就不能繼續維持「清醒夢」的狀態，但是時間的推移並非畫筆上的顏料乾掉的唯一原因。

——比方說，當感受到超乎想像的驚訝、恐懼和不安的時候。

恭平剛才應該具備了以上所有的元素，導致他無法維持「清醒夢」。

——當『造夢人』一旦失去「自覺」就無法再『創造』，於是就失去了發現是夢境的契機。

最後就會被混亂的漩渦吞噬。這的確是極大的恐懼，他再也不想體會這種感覺。然而在恢復冷靜之後，反而覺得「就只是如此而已」。這和「普通的惡夢」一樣，終究只是夢中發生的事——但是蜂谷為什麼三令五申，提醒自己要保持「自覺」。

——總之，發現自己快忘記時，必須用盡一切方法保持「自覺」。

——不擇手段，不問方法。可以尋找「蝴蝶」的身影，也可以請沒有失去「自覺」的其他『造夢人』在你面前『創造』。

蜂谷只是一個勁地重申，要求恭平保持「自覺」，卻從來沒有提及理由。雖然很不自然，但恭平也無法問到更多的答案。

「你還好嗎？」奏音手上托著縮成球狀的刺蝟，探頭問他。

「嗯，謝謝妳救了我。」

恭平在說話時，仰望天空。月光下，可以看到遠方的夜空中有一個看起來像是「蝴蝶」的影子，但距離這麼遙遠，他無法確信。

——以後要注意不要離「蝴蝶」太遠。

當他如此提醒自己時，腦海中浮現了一個疑問。車上發生的一連串狀況——自己在不知不覺中太專心聊天了，沒有隨時確認這裡是「夢境」，結果導致無法維持「清醒夢」的狀態，但為什麼奏音平安無事？雖然每個人「畫筆變乾的速度」各不相同，但照理說，她應該遭遇和自己相同的狀況。恭平坦率地問了自己內心的疑問，她垂下雙眼，陷入了沉默。

海浪輕輕地打在沙灘上，海浪聲中夾雜著翔太的聲音——「只剩下還沒找到蝶蝶和奏音」。

不一會兒，奏音幽幽地說：

「你還記得我在巴士上曾經對你說，『我對於在這個世界能夠像這樣和大家聊天感到非常高興』這句話嗎？」

恭平回想起在車上聊天的內容。經由她的提醒，恭平想起她的確說過這句話。

「所以呢？」

「所以我知道這裡是夢境。因為——」

奏音的身影像熱霧般開始搖晃、模糊。她快醒了。恭平忍不住伸手想要挽留她，卻什麼都沒抓到。

「因為什麼？」

她應該在最後的瞬間說出了其中的理由，但是在她說出口之前，就回去了真實世界。

「啊，蝶蝶在這裡！太好了，他平安無事！」

翔太歡呼著，其他人也跟在他身後聚集過來。

——她最後到底想說什麼？

恭平茫然地站在原地良久。

5

回過神時，發現自己躺在遊艇的甲板上。天空一片蔚藍，陽光十分刺眼。大大的黑影掠過了盛夏的太陽——是「蝴蝶」。

「這裡是愛妮島。」

恭平坐了起來，站在船頭的滑川轉過頭說。滑川穿著拖鞋，白T恤搭配格子圖案短褲的裝扮一如往常，和他的年齡很不相符。

「這裡是菲律賓最後的祕境，是這幾年很受矚目的渡假勝地。八成是哪個女人在觀光導覽書上看到了這個地方。」

滑川用眼神示意「你也一起喝吧」，恭平手上立刻出現了一個葡萄酒杯，裡面裝著看起來像是香檳的液體。計畫開始第十五天，這種程度的『創造』對他們來說，只是雕蟲小技而已。

「沒想到『夢托邦』竟然這麼無聊。」

滑川走到恭平身旁，重重地盤腿坐了下來。

「你不這麼認為嗎？因為這簡直就和普通的『好朋友家家酒』沒什麼兩樣。」

滑川語帶不屑地說完，用下巴指向海面的方向說：「你去看看。」

恭平放下酒杯，起身走到甲板邊緣。有人把脫下的牛仔褲、深紅色露肩上衣和厚底拖鞋丟在通往海裡的梯子旁。恭平從欄杆探出身體，看到一大片祖母綠的大海。雖然可以在海底看到遊艇的影子，但因為透明度太高了，有一種懸在半空的錯覺。

「啊，蝶蝶！」

套著游泳圈，在海浪中漂浮的人影向他揮手。是奏音。她身旁有一艘竹筏，翔太和皆笑一起坐在竹筏上，兩人都把腳伸進海水中。明明來到了渡假勝地，但她仍然穿著水手服，而且旁邊還放著書包，真是太好笑了。

「我們參加這個『實驗』的目的是為了套上游泳圈，在海上漂浮嗎？」

回頭一看，滑川臉上露出了猥瑣的笑容。

「你的意思是？」

「既然來到這種地方，舉辦一場雜交派對也沒問題啊。那個叫奏音的女人，只要開口，她應該會答應。」

從滑川口中說出這些話，聽起來不像是開玩笑，他一定真心這麼想。但是恭平發現他的言論中，隱含了一個讓人無法一笑置之的「重要論點」。

那就是關於『夢托邦』的秩序問題。這裡根本沒有法律，也沒有警察。只有每個人的倫理觀和社會規範維繫著『造夢人』之間的關係。如果因為某種契機導致這些倫理觀和社會規範消失，這個世界還能夠成為「桃花源」嗎？

這時熱霧在甲板上晃動。身穿和服的京子現身了。

「啊喲，好漂亮的遊艇。」

滑川瞥了她一眼，皺起眉頭打了一個嗝。他的態度好像在說，即使再怎麼飢渴，如果要和妳「做那檔事」，還是敬謝不敏。恭平看了很不高興。

京子在翔太的邀請下，穿著和服跳進了海裡。甲板上再度只剩下恭平和滑川兩個人。

「而且，我們的自由並沒有想像中那麼多。」

滑川自嘲地說，恭平只能沉默以對。

——「可以實現所有夢想」並不等於可以「為所欲為」。

恭平現在終於瞭解計畫開始之前，蜂谷說的這句話的意思。

無論再怎麼不滿意當天晚上的「世界觀」，也無法把「享受愛妮島的渡假旅行」改變成「武裝衝突事件頻傳地區的游擊戰」。『造夢人』必須按照晶片整理、安排的故事採取行動，基本上無法超越真實生活中的物理法則。所以如果有『臨演』擋在路上，無法把他變成「水壺」；如果有遮蔽物擋道，也無法用念力讓它「消失」。

——面對無法如自己意的狀況就要運用『創造』。

——這是『造夢人』唯一被賦予的「自由」。

如果遇到『臨演』擋住去路，首先可以請對方「讓開」。如果對方不從，就只能用『創造』的機關槍排除障礙。雖然這個比喻很激烈，但這是貫徹『夢托邦』的原理原則。

——其實，『夢托邦』還有另一個特殊的約定事項。

「我發現了一件重要的事，你千萬不要告訴別人。」

滑川突然把臉靠了過來，恭平的身體忍不住後退。

「你發現了什麼？」
「就是在『夢托邦』獨處的方法。」
「獨處？」
「就是獨自霸占這個世界。這件事，我只偷偷告訴你。」
「要怎麼做？」
「只要在其他人醒著的時候睡覺就行了。」
一問之下，得知他每天都會找機會小睡十五分鐘。因為其他『造夢人』很少會在相同的時間進入睡眠狀態，所以就可以在那段時間獨占『夢托邦』。這個計畫的核心是「共享」夢境，所以這的確是盲點。
「因為晶片的關係，在夢中有『自覺』，當然也可以『創造』。完全不必在意他人的眼光，那才是真正的『為所欲為』。你猜我那時候做了什麼？」
恭平無法忍受滑川黏膩的眼神，把頭轉向一旁。不難預料，他的答案會很荒唐。
「我開槍掃射那些『臨演』，殺個精光，真的太爽快了——」
光是想像就覺得渾身不舒服。滿地屍體，簡直如同地獄，那是失去了倫理觀和社會規範、無法可管的地帶，的確只能在夢境中實現，在真實世界中絕對無法做到。但是，恭平當時並不光是因為這個原因感到心情惡劣。
——只屬於自己一個人的『夢托邦』嗎？
他意識到滑川的發現深深吸引了自己。那樣的世界，不才是真正「完完全全的桃花源」嗎？

就在這時，震波讓他的頭髮都豎了起來，刺耳的爆炸聲隨即傳到鼓膜。抬頭一看，圍著海灣聳立的岩壁揚起了粉塵，巨石紛紛落下。

「就該這樣啊！」

滑川大聲叫著，手上拿著巨大的火箭炮。他可能無法克制自己的欲求，忍不住開炮射擊。這傢伙果然是個瘋子。雖然明知道這傢伙有問題，但仍然無法忘記他剛才說的話。

——完全不必在意他人的眼光，那才是真正的「為所欲為」。

如果在相同的狀況下，自己會想要做什麼？會實現內心的什麼欲求？

——不行，不能去想這些事。

恭平在趕走這些不愉快的幻想時，身穿比基尼的奏音走上了甲板。

「你在搞什麼啊！你想幹嘛？」

奏音看起來怒不可遏。

「我對你已經忍無可忍了。」

「哼哼。」滑川冷笑一聲，非但沒有感到不好意思，反而色瞇瞇地打量她的全身。

「因為陪小孩子玩遊戲實在無聊透頂。」

「喔，是喔，那你可以馬上退出『實驗』啊。」

「喂，奏音，妳不要激動。」

翔太試圖擋在他們兩個人之間，奏音把他推開，繼續向滑川逼近。雖然她和滑川的體型有很大的落差，但她絲毫沒有懼色。
「喂喂喂，妳要對我發號施令嗎？」
「對，如果你想要破壞和諧，就請你消失。」她的手上出現了一把手槍，「否則就別怪我開槍。」
滑川聽了她的威脅，放聲大笑起來。
「妳說的話真是太有意思了！沒錯沒錯，我就在等這句話！」
他張開雙手，似乎在吸引觀眾。
「來啊，開槍吧！」
奏音舉著槍僵在那裡，其他『造夢人』都屏氣斂息地看著他們——沉重的寂靜支配了現場。
「我知道妳不會開槍，這也讓人覺得好可愛。」
滑川最先打破了沉默。
「別小看我。」
「我下次教妳怎麼開槍，因為我在現實生活中有真槍。」
「少騙人了。」
「我沒騙妳。下次我可以手把手教妳，保證很溫柔。」
「你這個變態，給我閉嘴。」
「學費就用身體來付——」

就在這時，響起了撕裂空氣的槍聲。甲板上鮮血四濺。
「喂，這也太過分了！」
翔太驚訝地瞪大了雙眼，但是——。
「妳真行啊！」
滑川拍手表示讚賞，他的左胸開了一朵深紅色的「大花」。他站在血泊中露出笑容的樣子，簡直就像殭屍。
「沒想到這麼痛，真是嚇了我一跳。」
恭平立刻回想起蜂谷的說明。
——其實，『夢托邦』還有另一個特殊的約定事項。
剛才這一幕，證明了蜂谷所言不假。
——在『夢托邦』無論發生任何事，『造夢人』都不會死。

6

回過神時，發現自己坐在公園的長椅上。他對這個公園很熟悉，那是離家走路十分鐘左右的「櫻葉公園」。小山丘四周圍繞著櫻花樹，長椅就在樹下。這裡是恭平熟悉的地方，他平時經常來這裡散步。在東京都內，這個公園並不算小，但是在某個時期之後，來這個公園的人就明顯減少。那是因為某個「令人不愉快的原因」，但是恭平不想引人注意，只想隨便晃晃，所以這樣反而更好。

現在公園內有好幾個人影。有熟悉的『造夢人』，也有各種不同的『臨演』。抬頭一看，有三個人影在山丘上蹦蹦跳跳，飛來飛去。他們是翔太和奏音，另一名女孩是誰？大約是小學低年級的年紀。「蝴蝶」在他們的頭頂上優雅地飛來飛去——。

「怎麼了？難道你知道這裡是哪裡？」

身旁傳來女人低沉的聲音。紅葉隔了一個位子坐在他旁邊。

——那是我的花名。

在第一天自我介紹時，她故弄玄虛地這麼說。雖然不知道是真是假，但她看起來很有風塵味，的確像在聲色場所打滾的人，而且走高級路線，感覺是在銀座的酒店當媽媽桑。她在這裡總是把頭髮放下來，一身T恤、牛仔褲的輕鬆打扮，但她把頭髮後梳盤起，再穿上和服的日子，就很像是「政界高層的情婦」。

「這裡是我家附近的公園，今天似乎是我的潛意識比較強。」

「我就知道。因為看到你東張西望，我就猜想是這樣。」

「妳知道嗎？一年前，這個公園曾經發生過一起事件。」

「事件？反正每天都有事件發生，根本不可能都記得。」

糟了，聊天的主導權被搶走了。

「在都內的公園發現了被分屍的屍塊事件，當時新聞大肆報導。」

「喔喔！原來是那起事件。帶著狗散步的家庭主婦，在垃圾桶內發現了被人丟棄的

『右手臂』——」

——喔，沒錯。

聽了紅葉的回答，恭平才發現自己並不知道當時被丟棄在這裡的是屍體的哪一個部位，但又覺得對於住在附近的人來說，的確不想知道這麼詳細的資訊。

「就是那個垃圾桶。」

今天晚上的『夢托邦』很忠於現實，是因為恭平的潛意識對這個公園有深刻印象。這也是理所當然的事，因為今天白天就是在這張長椅附近，他的猝睡症又發作了。由於最近症狀逐漸穩定下來，所以他很受打擊，也很慌張。當他終於忍不住倒在長椅上，意識立刻傳入了大腦——當時發生了匪夷所思的事。和平時不同，他沒有馬上發現那裡是夢境。

——咦？蝶蝶？

夢境舞台的購物中心內，已經有人先來一步。身穿水手服的少女在他面前停下腳步，拿下了耳機，在那個ＭＤ隨身聽上操作了幾下，塞進背在肩上的書包裡。明明只能在夢境中見到皆笑，但是即使到了這個階段，恭平仍然以為是在真實世界。

皆笑似乎察覺了恭平的困惑，意味深長地指了指頭頂上方。恭平抬頭一看，看到了在玻璃天花板附近飛舞的「蝴蝶」——這時，他才終於發現來到了『夢托邦』。他對自己沒有立刻產生「自覺」感到納悶，但不想站著說話，於是他們一起來到美食廣場坐了下來。

——妳這個時間不是在上課嗎？啊，現在是暑假。

在真實世界中，目前是上午十點左右。

——對，現在是暑期輔導，但數學課不是超無聊嗎？所以當然會睡著。

——對了，蝶蝶，你這個時間不是應該在上班嗎？

這時，恭平再次發現一件事。雖然將近一個月來，每天晚上都會見面，但她對自己一無所知，甚至連這麼基本的事都不知道。雖然他有點懊惱，但正如滑川所說，這個世界終究只是「好朋友家家酒」——他為此感到惋惜不已，而且也知道自己為什麼會有這種想法。因為自己想更瞭解她，想瞭解第一天見面時，她最後露出的那一抹微笑所代表的意義。

所以他很自然地想要告訴她。並不是像那天在夜行巴士上告訴奏音時那樣，只是羅列事實而已，而是更赤裸裸地揭露內心真實的想法。

——小時候，我想成為游泳選手。

少年時代，完全沒有對手。國中三年級時，漸漸放棄了夢想。對普通人生的充足感，和內心深處隱約感受到的一絲後悔。突然發現有睡眠障礙，也因此導致失業。現在已經想不起「曾經努力想要成為的自己」的背影。

皆笑在恭平說話時，完全沒有說一句話，只是不時看向遠方點頭。恭平很感謝皆笑沒有輕易表示肯定，也沒有劈頭否定。

——人生不如意事，十常八九。

短暫的沉默後，她緩緩說道。這句話帶著一種輕盈的感覺。隨著年紀的增長，身上逐漸背負起很多負擔——最重的負擔仍然在恭平的身上。但在那個瞬間，她似乎幫忙拿了比較輕的行李。

——皆笑，妳小時候是怎樣的孩子？

恭平在問這個問題時，發現自己的身影開始模糊。自己快醒了。希望更深入瞭解她。這種想法越強烈，世界就離得越遠。

當他回過神時，發現已經從美食廣場回到了熟悉的公園。在長椅上坐起來之後，過了好一會兒，他似乎仍然可以聽到她在旁邊說話的聲音。

「他們在幹嘛？」

恭平從回憶中回到眼前，指著山丘上的三個人問。

「他們想要抓住。」

「抓住什麼？」

「翔太揚言說要抓住『蝴蝶』。」

原來如此，很像是翔太會做的事。從他身上可以感受到他想要充分享受這個世界每個角落的興致。

「先不說這些，蝶蝶，你鎖定的目標是誰？」

紅葉沒頭沒腦地問。

「啊？」

「男人和女人每天晚上都在一起，相處了一個月，而且還是在某種『密室』內——在這種情況下，絕對會發生一件事。」

「殺人命案？」

「是感情糾紛。」

計畫第三十三天。一轉眼，一個月就過去了。

每天晚上在固定的時間入睡，起床後報告。只要持續三個月就可以領到兩百萬圓的報酬。條件就是必須在規定時間——晚上十點到隔天上午八點的十個小時中，維持六個小時的睡眠狀態。並不一定要連續睡眠，即使中途醒來，只要繼續入睡就沒有問題。如果沒有滿足這個條件使得「參加天數」減少，報酬就會稍微打折扣，但仍然是破例的優渥條件。這意味著夢公司認為『夢境計畫』有這樣的價值。

——我相信對猝睡症也會有正面影響。

——而且你目前失業，不是需要用錢嗎？

蜂谷說的沒錯，這筆金額對只能省吃儉用並靠微薄積蓄過日子的恭平來說，實在太有吸引力了，他無法否認這件事最後推了他一把，讓他下定決心成為「實驗對象」。

「我並沒有鎖定任何人，而且我也有女朋友了。」

「啊喲，是這樣啊，真沒意思。」

紅葉故意誇張地嘆了一口氣，撥了撥一頭黑色長髮。

「皆笑和奏音雖然屬於不同的類型，但不是都很可愛嗎？除了她們以外，還有我。如果我是男人，真的很難取捨。啊，糟了，我忘了把京子列入。」

雖然她半開玩笑帶著笑容這麼說，但內心八成真的這麼想。而且以她的容貌和氣度，也的確有資格說這種話。

「相較之下，這次的男性成員……」

紅葉露出意味深長的眼神看向旁邊的長椅。

阿虻獨自坐在那張長椅上。他是個整天穿著燕尾服的怪胎，年紀大約三十多歲。雖然下巴留了鬍子，但沒有邋遢的感覺，反而更襯托出他的時尚感。他的眼神銳利，讓人難以靠近，而且格外沉默寡言，所以可說是最神祕的『造夢人』。雖然不知道他在想什麼，但在其他人要做任何事時，他都不會破壞和諧。雖然不容易親近，但舉手投足都很有分寸。

反而是滑川很有問題。前幾天在湖畔釣魚時，他突然大喊：「來玩點更刺激的。」然後『創造』了像是機關槍的東西對著湖面掃射，就連向來活潑開朗的翔太見狀，也忍不住加強了語氣。

——如果你下次再違反「紳士協議」，我就要向公司報告。

這是在愛妮島那件事之後制定的默契——規定「不得做出嚴重破壞世界觀的行為和『創造』」。這項規定建立在不得為了自己的欲求，不惜破壞他人的夢這個根本理念的基礎之上。

「如果你在找那傢伙，他在那裡。」

紅葉指著五十公尺外的櫻花樹。

恭平轉頭一看，發現皆笑和滑川站在樹下說話。不知道是否因為上次的槍擊事件之後，他和奏音處於「斷交」狀態的關係，他最近常常纏著皆笑。

「就憑他那副德性，想要追求高中女生，根本是癩蛤蟆想吃天鵝肉。而且在這個世界，不是每個人都可以擁有『理想的外貌』嗎？他還長成那樣。即使給我一億圓，我也不想和他上床。」

雖然恭平覺得不需要說得這麼難聽，但誰都可以一眼看出，滑川「鎖定」了皆笑。滑川看著皆笑時那種垂涎三尺的眼神——就和之前看到奏音穿比基尼時一樣色瞇瞇。恭平每次發現滑川露出「那種眼神」，內心就無法平靜。不要用那種眼神看她。

「你應該知道，在我眼中，你幾乎就是我唯一的選項。」

紅葉的意思是，在翔太和阿虻之中，其中一人還有一點可能性嗎？到底是誰呢？雖然恭平有點好奇，但並不會問這種問題。

「對了，那個人是誰？」

恭平改變了話題。「那個人」當然就是正在抓「蝴蝶」的神祕女孩。

前一刻還喋喋不休的紅葉聽到這個問題，竟然陷入了沉默。因為紅葉沒有回答，恭平也只能沉默不語。不一會兒，就看到三個人癱坐在山丘上。他們似乎抓不到「蝴蝶」。

「因為我想瞭解『夢托邦』的極限在哪裡。」

紅葉不慌不忙地從長椅上站了起來，嘴角露出了挑戰的微笑。

「什麼意思？」

「我相信你應該也發現了，其實這個世界並不像原本聽說的那麼『無所不能』，所以我正在進行各種嘗試。」

紅葉說完這些話，走向山丘。恭平遲疑了一下，不知道是否要追上去，但看到皆笑逃離滑川走了過來，於是改變了主意。

「我可以坐這裡嗎？」

皆笑歪著頭問。「嗯。」恭平點頭回答後，眼角掃到了滑川。他雙手插在牛仔褲口袋裡，露出憤恨的眼神看向這裡。

「妳沒事吧？」

皆笑坐下的同時，恭平這麼問道，但他也不知道自己是針對哪件事發問。

「嗯，我沒事。」

「那就好。」

恭平回答完這句話，就不知道接下來該說什麼。快說話啊。他覺得沉默在催促他，所以感到越來越不自在，但皆笑並不在意，看著山丘上正在拚命抓「蝴蝶」的四個人，覺得很有趣。

風帶來他們嬉鬧的聲音。

「紅葉，快上！」

「嘿！」

「啊啊，差一點！」

「借我一下，我來抓。」

「啊！喂，奏音，把網子還給我——」

呵呵呵，皆笑忍不住笑了起來。那並不是之前那種一直緊緊抓住恭平的心，揮之不去的微笑，而是發自內心的笑容。
——原來她還會露出這樣的笑容。
他覺得又多瞭解了她一點。
「你剛才不是問我嗎？」皆笑冷不防問道。
「啊？」恭平發出了呆滯的聲音。
「你問我『小時候是怎樣的孩子』。」
原來她說的是今天上午『夢托邦』只有他們兩個人時的事。
「喔，原來是這件事。」
「別看我現在這樣，我以前是個野孩子，和男生一起玩打仗，一起建祕密基地。我媽每天都很受不了，罵我怎麼又把衣服弄得那麼髒。」
「太意外了。」
「我常常和妹妹一起玩，也經常想只屬於我們兩個人玩的遊戲。我們還設計了『祕密聯絡方式』以備不時之需，並在彼此的生日時玩『尋寶遊戲』。」
「原來妳有妹妹。」
「她比我小六歲。我們也一起捕捉昆蟲，那時候妹妹差不多就和那個孩子一樣大。」
她說的「那個孩子」就是那名女孩。
「她是誰啊？」
恭平問了剛才問過紅葉的問題。

但是在皆笑回答之前，恭平就知道了答案。

「媽媽，一直都抓不到蝴蝶——」

戰慄立刻爬上了恭平的背脊。

女孩抬頭注視的那個人正是紅葉。

「原來還可以『創造』人類。」

這個事實讓恭平的腦海中閃過一個「可怕的想法」。這裡是任何願望都可以成真的世界——是不是也可以讓**只屬於自己的皆笑**出現？

「哇！太棒了！你們看，現在該怎麼辦？」

奏音的尖叫聲把恭平的意識拉了回來。「蝴蝶」在她手上的網子內拍翅抵抗。

「這種時候該怎麼辦？」

「真是的，明明不敢碰昆蟲。」

皆笑從長椅上站了起來，跑向小山丘。她的手上立刻出現了一個很大的「昆蟲箱」。

「小心別讓『蝴蝶』逃走了。」

皆笑和他們會合後，動作熟練地把在網子內掙扎的「蝴蝶」放進昆蟲箱。「喔喔！」幾個人輕輕發出了歡呼。遠看時覺得「蝴蝶」很大，但放進昆蟲箱後發現並不會太擠。

「給妳。」

皆笑把昆蟲箱遞給紅葉的女兒。也許她在這一刻，回想起遙遠的往事。

——那時候妹妹差不多就和那個孩子一樣大。

女孩接過昆蟲箱，露出滿面笑容，高高舉了起來。
好棒喔。媽媽，妳看！好大的蝴蝶——。
「小心點。」
身旁響起一個聲音，恭平的肩膀忍不住抖了一下。阿虻不知道什麼時候走到他身邊。
「小心什麼？」
「首先，要盯著那個叫紅葉的女人。還有另一件事。」
他的眼神很嚴肅，不像是在信口開河。
「也許這個世界隱藏著還沒有露出真面目的『惡意』。」

7

恭平洗完臉，拿起手機點開了報告用的應用程式。
『蝶野恭平先生，早安。』
身穿白袍，渾身散發出清潔感的女人出現在手機螢幕上。雖然每天都看到她，但恭平甚至不知道她叫什麼名字。她總是面帶微笑，用沒有起伏的語氣說話，不太像是真人，恭平有點懷疑她是不是電腦運算產生的擬真影像。
『今天是第六十天，請問你今天早上的心情如何？』
「還不錯，我甚至有點不想離開夢境。」

恭平回想起前一刻為止的夢境內容，向女人報告了概況。在高樓大廈之間飛來飛去，和外星人打仗——至今仍然感受到興奮的餘韻。

『你似乎度過了非常有意義的時間。』

螢幕另一邊的女人露出滿面笑容說：『祝你有美好的一天。』

晨間短短三分鐘的報告結束。他看向掛鐘，才八點半。平時他會回去睡回籠覺，但今天上午十點必須去夢公司，接受每個月兩次的定期健檢。

他猶豫片刻，最後決定起床梳洗。沒有聲音的房間太冷清，他打開電視播放晨間的資訊節目。

『今天的特輯是介紹最近急速成長的新創企業。本台記者日前進入這家企業的總公司進行採訪，請看以下的採訪內容！』

今天的特輯剛好是介紹夢公司。恭平忍不住停下了正在換衣服的手。

『——但是，榎並董事長，腦死的人在做夢這件事，有點令人難以置信，果真如此的話，真的太令人期待了。』

採訪就在恭平第一次造訪夢公司總公司時的那個白色房間進行。因為恭平知道那個地方，所以忍不住笑了起來。

『為了避免誤會，我必須澄清一件事，並不是腦死的人，而是有遷延性意識障礙，也就是俗稱的植物人會做夢。雖然兩者感覺很相似，但完全是不同的情況，而且也不是每個植物人都在做夢，同時會受到大腦損傷部位和程度的影響——』

採訪的主題是夢公司在三個月前發表的研究結果，雖然必須符合幾個條件，但研究發現有植物人持續在做夢。戴著銀框眼鏡的男人用理性的語氣，條理分明地說明了詳細情況。這個人似乎就是夢公司的董事長。

『不僅如此，而且他們應該可以聽到我們的聲音，所以請不要放棄，要持續對植物人說話。一次又一次地對他們說話，因為他們絕對能夠聽到。』

電視螢幕上介紹他今年五十六歲。因為夢公司是一家新創企業，原本以為董事長更年輕，但似乎猜錯了。恭平感到好奇，用手機查了一下，發現他還有醫生的身分，而且是東北一家大醫院的院長。他在經營醫院的同時，在七年前創立了夢公司。這個世界上，有些人真的很厲害。

——因為董事長本人熱切希望你可以參加。

恭平的腦海中突然想起蜂谷說的話。生活在和自己完全不同世界的人，竟然熱切希望自己參加這個「實驗」，他覺得很沒有真實感。

『我向來不相信夢境占卜或是預知夢之類的事，也沒有興趣。比起來，我更想用科學的力量瞭解夢境，所以這家公司是我唯一的選擇。』

鏡頭一轉，螢幕上出現了一張熟悉面孔的特寫鏡頭。螢幕中的男人有模有樣地說著恭平在三個月前已經聽過的內容。恭平忍不住想要吐槽，因為很中意這些話，所以逮到機會就說嗎？但恭平發現有另一種情感在內心深處翻騰。這時，他又想起了那天在河岸旁的對話。

——真希望有朝一日，我們可以上體育報的頭版。

——報紙上寫著：深受期待的兩顆明日之星「如蝴蝶般輕盈，像蜜蜂般螫刺」。

或許和當初描繪的形式不太一樣，但當時的「蜜蜂」，如今在電視螢幕中大放異彩。至於另一隻「蝴蝶」——。

『夢充滿無限的可能性，我認為可以運用夢的力量，讓世界更加幸福。至少我相信是這樣。』

在充滿自信和希望的男人斬釘截鐵地說這段話的同時，恭平關掉了電視。

恭平一個人住的公寓是套房，房租五萬圓。走路到最近的志村坂上車站要將近十五分鐘，但他目前只能靠在家工作勉強餬口，所以出門基本上都靠兩條腿走路。九月下旬，外面還可以感受到夏天的餘韻，當他走進驗票閘口時，身上已經流了不少汗。

往日吉方向的都營三田線電車很快就進站。恭平走進車廂，裡面沒什麼乘客。他坐在一整排椅子的角落，怔怔地看著車廂內掛著的廣告。這是本週上市的週刊雜誌的宣傳廣告，除了揭露政界大老的醜聞，還有哀悼十五年前發生的列車事故的犧牲者。在這些吸睛的標題旁，一個頭髮滴著水的清新男人露出潔白的牙齒。那是明年即將在日本舉行的世界游泳比賽的特輯報導。

『史上最多面金牌不是夢？掌握關鍵的超級大學生——』

如果恭平沒有記錯，他是擅長蝶泳的大學生選手。二十二歲，比自己小四歲。自己當年也擅長蝶泳，但即使繼續游泳，現在應該也不是他的對手。正確地說，和他比較這件事本身就在自抬身價，太不自量力。

恭平的腦海中再次浮現了那天的河岸——當時的蝶野恭平，是否曾經想像未來的自己會搭地鐵？即使知道會有今天的結果，仍然會做出相同的結論嗎？

他一直認為自己認清了現實。他深信自己是因為認清了現實，才決定放棄游泳。但真的是這樣嗎？是不是從那一天開始，自己就被困住了？

被困在名為現實的惡夢中。

——告訴我。

那時候的你，想成為怎樣的人？

「數值都很好。」

恭平花了半天的時間做完檢查後，在那個白色房間和蜂谷面對面坐著。

「太好了。」

除此以外，他不知道該如何回答。今天量了血壓，做了心電圖和各種檢查，既然蜂谷說「很好」，應該就是很好吧。

「已經兩個月了，有沒有什麼問題？」

恭平突然想起了阿虻的忠告。

——也許這個世界隱藏著還沒有露出真面目的「惡意」。

那天至今已經過了一個月，「惡意」仍然沒有露出獠牙。同樣由翔太帶領大家，身穿紅色露肩上衣的奏音扮演炒熱氣氛的後援角色。穿著水手服、帶著書包的皆笑和他們一起行動，卻有一種冷冷的感覺。恭平抱著觀望的態度在他們的周圍打轉，性感的紅葉在不遠處冷眼旁觀。穿著燕尾服的阿虻繼續走孤高路線，但並不會破壞大家的和諧，最大的煩惱反而是只有衣著追求年輕的滑川帶來的各種問題。幸好身穿和服的京子總是露出溫柔的眼神，包容所有的吵吵鬧鬧。

計畫第六十天。『夢托邦』今天也沒有發生任何問題，持續正常運行，所以恭平毫不猶豫地回答：

「沒有，一切都很順利。」

不僅順利，而且簡直可以說很完美。學歷、職業這種在真實世界束縛人們的東西和面子完全沒有任何意義，不需要為疾病感到害怕，也不必感到自卑。可以完全拋開所有的麻煩事，做真正的自己。

「據說其他六個人也有相同的感想。」

蜂谷看著手上的資料補充說。他之所以用「據說」這兩個字，以傳聞的方式描述這件事，是因為這裡的資訊隔絕得很徹底。成為窗口的員工，完全不知道有關其他『造夢人』的身分背景，目的是為了極力排除藉由聊天等方式，向自己負責的實驗對象提出不必要的建議。這麼一想就覺得的確很像紅葉之前所說的，『夢托邦』就像是「某種密室」。

「大家當然會這麼想。」

「你的發作性嗜睡症也出現了良好的徵兆。」

蜂谷把寫了一堆數值的病歷遞到恭平面前。

「你看這裡，這是食慾素的濃度比較，和上一次相比，有明顯改善的傾向。」

食慾素是和覺醒相關的神經傳導物質，可以讓大腦系統整體從睡眠狀態變成清醒狀態。但是，一旦因為某種原因導致食慾素減少，大腦就會比正常情況更容易切換到睡眠狀態。在針對發作性嗜睡症患者進行檢查之後，發現幾乎所有患者的食慾素分泌量都很低。雖然這並非造成發作性嗜睡症唯一的原因，但是在討論這種疾病時，絕對無法避談食慾素這項指標。

「我也覺得症狀穩定下來了。在『實驗』開始之後，只有一次感受到無法克制的睡意。」

那就是倒頭睡在公園的長椅上，在購物中心遇到皆笑的那一次。

「你有沒有在睡前吃『斐利特司』？」

「每天晚上都吃，其他成員應該也一樣吧？雖然吃了，但還是會做惡夢。」

「那當然啊。」蜂谷收起病歷時，點了點頭說。

「『斐利特司』並不是萬能藥，會受到每位『造夢人』的潛意識狀態影響，即使大家都服用也還是會做惡夢，但次數並不多吧？」

蜂谷說的沒錯，在實驗進行的這六十天，『夢托邦』的夢境被惡夢支配的次數可以數得出來。從這個角度來看，一切應該都在預料的範圍內。

「蝶野，你目前可以領『全勤獎』，只要接下來一個月順利結束，你就可以領到兩百萬圓。」

蜂谷靠在椅背上，開玩笑說道。

「應該不會發生什麼意外吧。」

恭平也靠在椅子上說。

但是三天之後，便發現恭平當時的預料完全錯誤，阿虻的忠告才正確。

那是計畫開始第六十三天晚上發生的事。

8

回過神時，發現自己站在傍晚的操場上。棒球社的人正在整理器材，校舍的方向隱約傳來管樂器的聲音。可能是管樂社在練習。有兩個人影在操場中央玩傳接球。是奏音和皆笑。她們還有模有樣地戴上了棒球手套，姿勢也很不錯。

「投得很不錯嘛。」

恭平走過去向她們打招呼，奏音聳了聳肩，掩飾內心的害羞。

「其實我的運動能力很差，但很想玩一次。」

「在這裡，可以成為理想中的自己。」

「一起來玩吧。」

她笑著把球丟了過來，但臉上的笑容有點不自在。恭平知道其中的原因，但並沒有提這件事，做出準備投球的姿勢。

「好，那我要投囉。」

他們默默地投球、接球，白色的球在他們之間飛來飛去。恭平丟給皆笑，皆笑丟給奏音，然後又丟還給恭平。沒有人開口說話，氣氛簡直有點可怕。雖然可以明顯感受到大家都刻意不面對核心問題，但這也難怪，因為在眼前的狀況之下，每個人所能做的就只是把無法用言語形容的疑問和不安，投射到手中的這顆球上，所以只能默默地持續投球。

他們三人投球投了一會兒之後，其他『造夢人』也都紛紛出現在校園內。隨著熱霧晃動，京子、阿虻、滑川和紅葉依次現身，呈現出人的外形。除了一件事以外，『夢托邦』正常運行。

「翔太今天也沒來。」

恭平終於說出了核心。不，正確來說，也許是不得不這麼說。他可以感受到皆笑和奏音倒吸了一口氣，其他『造夢人』也立刻繃緊了神經。

外星人入侵的隔天，翔太就從『夢托邦』消失了。起初大家都笑著討論，「他是不是喝酒喝通宵？因為畢竟他還是大學生」，但是連續三天沒有出現，事情就不一樣了。

「對啊，到底怎麼了？」紅葉也嘀咕著，「平時總是他最先出現。」

沒錯，他平時總是比任何人都先來到『夢托邦』，至少恭平從來沒見過翔太比自己晚到。他熱愛這個世界，比任何人都更享受這個世界，所以才覺得一定發生了什麼事。難道他開始在晚上打工嗎？或是因為和某個人關係不好，而開始「拒學」嗎？

「但是，即使連續三天聚餐喝酒，至少也曾小睡一下。」

紅葉說的話概括了所有的疑問。雖然無法斷言不可能有這種事，十九歲大學生的體力和二十六歲的自己不一樣，而且也可能在白天補眠，藉此恢復體力。

「你在想什麼？」

阿虻不知道什麼時候站在恭平身旁。他雙手插在燕尾服的口袋裡，露出意味深長的眼神看著恭平。

「不，並沒有想什麼——」

「我可以和你談一談嗎？」

雖然恭平試圖掩飾，但也沒有理由拒絕。於是就順從地離開了正在練投接球的成員，和他一起走向校園角落。

「因為我認為和你討論這件事最安全。」

「安全？」

「就是翔太的事。你有什麼看法？」

恭平還搞不清楚很多狀況，只能搖頭。

「我不知道，只覺得如果連續三天晚上都不睡覺，體力真是太好了。」

「呵呵呵。」阿虻聽了他的回答，笑得肩膀都顫抖起來。

「如果他沒有出現在這裡的理由是因為沒有睡覺，的確只能說他的體力太好了。但是，不是還有其他可能性嗎？」

「你的意思是？」

「難道你沒發現嗎？從一開始不是就很奇怪嗎？」

恭平只能歪頭表示納悶。

「你聽我說，這個實驗原本——」

阿虻接下來的話，被響徹向晚天空的尖叫聲淹沒了。

那個叫聲尖銳而迫切。轉頭一看，奏音癱坐在升旗台旁。距離大約五十公尺處，有什麼東西倒在升旗台後方，只是看不太清楚。

『造夢人』都紛紛跑過去，映入眾人眼簾的是——。

難道是因為眼前的景象沒有真實感，所以才覺得慘叫聲聽起來很遙遠嗎？

仰躺在地上的不是別人，正是翔太。他臉色蒼白，微微睜開的眼瞼內是失焦的瞳孔。純白V領T恤的一部分被鮮血染紅，一把菜刀插在這片鮮血的中心，看起來很可怕。

「喂，不要亂開玩笑了。」

奏音尖叫起來——語尾微微顫抖。

「這樣一點都不好玩。」

但是，躺在地上的翔太一動也不動。

「對啊，這樣就玩過頭了。」

向來溫和的京子難得加強了語氣責備道。

「趕快站起來。」

沒有反應。如果是開玩笑，真的開過頭了——。

「他該不會被人殺害了？」

紅葉自言自語般嘀咕著。

「怎麼可能有這種事！」

奏音立刻反駁，但紅葉仍然抱著懷疑的態度。

「那為什麼會變成這樣？」

「我怎麼知道——」

「所有人都不要動。」

轉頭一看，滑川舉起了扛在肩上的機關槍。他應該在轉眼之間『創造』了這把機關槍，臉上露出難掩興奮的表情。

「如果誰敢亂動，我就會開槍。」

你敢開槍就試試看啊。現在已經不敢再這麼想了。

——他該不會被人殺害了？

不可能。因為在這個世界，任何人都不會死掉。

既然這樣，那該如何說明眼前的狀況？

「趕快站起來，你在幹嘛？」皆笑蹲在遺體旁邊，「你趕快開口說話啊。」

恭平的腦海中浮現了翔太無憂無慮的笑容，和充滿希望的眼睛。但是等了很久，都沒有等到他像調皮的孩子般笑著說：「整人成功！對不起，嚇到你們了。」

整個世界只有皆笑的啜泣聲。

「這到底是怎麼回事？」

抽抽噎噎的皆笑站了起來，露出冷笑的滑川開了口。

「有沒有人可以給一個合理的解釋？首先，他真的死了嗎？」

恭平依次看著所有人——圍在翔太「屍體」旁的其他七名『造夢人』的臉。其他人都一臉沉痛的表情低著頭，只有一個人摸著下巴，露出沉思的表情。阿虻眉頭深鎖，一臉凝重的表情。他發現了其他人都沒有注意到的「什麼」，必須讓他說完剛才被尖叫聲淹沒的話。

「阿虻先生，」恭平看向他，「請你告訴大家。」

恭平不需要再多說什麼，阿虻察覺了他的意圖，用力深呼吸一次後，下定決心，向前走了一步。

「有沒有人發現奇怪的事？」

所有人都沉默不語——這份寂靜就是答案。阿虻無奈地搖了搖頭，身體轉向恭平。

「我之前就曾經告訴你。」

「啊？」恭平突然被點名，不知道該如何回答。

「也許這個世界隱藏著還沒有露出真面目的『惡意』。」

恭平雖然記得這句話，但完全聽不懂這句話的意思。

「請再好好地回想一下有關『實驗』的所有說明，就可以發現哪裡奇怪了。」

恭平立刻回想蜂谷至今為止向他說明的內容，但『造夢人』在這個世界並不會死，以及潛意識和顯意識的內容一直在腦海中打轉，完全找不到答案。

恭平聳了聳肩表示投降，阿虻靜靜地繼續說了下去。

「所有的成員應該都在最初聽取了相關說明，這個實驗是由年齡、性別和屬性不同的人——」

說到重點時，他看向半空。其他人也跟著抬頭一看，發現有一張A４的紙從空中飄落下來。

「那是什麼？」

奏音用顫抖的聲音發問，但是沒有人能夠回答她的問題。那張紙靜靜地飄落在『造夢人』中央，好像在嘲笑他們似的。皆笑跑過去撿了起來，舉到眼前。

那張紙上大大地寫了幾個字——『第一個人』。

「開什麼玩笑！這到底是怎麼回事？」

紅葉大叫的瞬間，皆笑手上的紙消失了。

「啊！」皆笑呆若木雞，瞪大了眼睛。所有『造夢人』都看到了這個極其可怕的「事實」。

「這該不會——」

不用懷疑。既然會在眾人面前瞬間消失，就代表這張紙是有人『創造』出來的，而且是**故意當著大家的面**進行『重設』，讓大家都知道這件事。不，不僅如此，紙上的內容明確顯示「還有下一個犧牲者」。

「我就知道。」阿虻嘀咕著，他的身影開始模糊。

「等一下！」奏音用央求的聲音叫了起來，「你是不是知道什麼？」

奏音的叫聲在虛空之中迴盪，阿虻回到真實世界了。

這時恭平低頭看向地面，發現了一件事。

——翔太的「屍體」消失了。

「你們看——」

但是恭平還來不及把這件事告訴其他人，他自己的身體也開始變模糊。

——這到底是怎麼回事？

恭平用力克制著在內心翻騰的疑問，仰頭看向天空。

頭頂上只有「蝴蝶」在絢麗的向晚天空中悠然飛舞。

恭平一醒來，立刻粗暴地點開了應用程式。

「這是怎麼回事？翔太被殺了！」

他劈頭就問出現在螢幕上那個擬真影像的女人，然而她只是露出和平時無異的機械式笑容。

『請你先冷靜下來，你看起來有點激動。』

「我很正常！廢話少說，趕快告訴我！在『夢托邦』，不是任何人都不會死嗎？」

『請你先深呼吸。』

「跟妳沒什麼好說的！妳把負責人找來！」

這時女人臉上終於有了不同的表情。她微微皺了一下眉頭，既像是為難，又好像在生氣。原來她是真人。恭平發現自己還有一絲冷靜，覺得很好笑。

畫面立刻切換，出現了一張熟悉的男人面孔。

『蝶野恭平先生，你一大早就很吵。』

「我剛才說要找負責人。」

『安撫情緒失控的實驗對象也是窗口的分內事。』

蜂谷在雪白的牆壁前扮著鬼臉笑了笑，但立刻恢復了嚴肅的表情。

『你說誰被殺了？』

恭平從頭向他說明了原委。外星人入侵之後，翔太就沒有現身，以及翔太變成屍體躺在地上，和天空中飄下來一張紙，上面寫著『第一個人』，還有凶手應該就在剩下的七個人之中。

「我完全搞不懂是什麼狀況。你之前不是說，在『夢托邦』，任何人都不會死嗎？既然這樣，為什麼會發生現在這種情況？」

恭平像機關槍般一口氣說完，否則面對悄悄逼近的「惡意」，他無法繼續保持平靜。

蜂谷聽完他說的話，靜靜地開了口。

『不可能有這種事，你果然很奇怪。』

雖然隔著螢幕，但恭平發現他的額頭冒出冷汗，而且聲音聽起來也比平時緊張。這讓恭平更加感到不安。

「我一點都不奇怪。」

這時手機螢幕顯示收到了簡訊。

《先結束對話，然後等我的消息。》

發簡訊的人是「蜂谷」──他的兩隻眼睛在螢幕中目不轉睛地注視著自己。恭平吞了一口口水，點了點頭。

『那我就掛掉了。祝你有美好的一天。』

應用程式的通話一結束，電話鈴聲就響了。

──等「實驗」結束之後，我們再一起去吃飯喝酒。

──雖然我們是朋友，但和實驗對象私下見面還是不太好。

──但還是請你把電話告訴我，作為緊急聯絡的方式。

和夢公司之間都透過應用程式聯絡，每個月兩次的健檢通知也是透過應用程式。既不用電話，也不會使用電子郵件，更不可能用社群媒體聯絡，但現在手機螢幕上顯示了一個陌生的號碼。這時恭平察覺到一件事。一定發生了什麼不妙的狀況。

他點了接聽鍵。

「你說我哪裡奇怪？」

恭平語帶挖苦地說，但語尾帶著一抹不安。

「真正奇怪的並不是你。」

「太好了，所以到底是哪裡奇怪？」

「人數。」

「什麼？」

「你計算一下『造夢人』的人數。」

恭平忍不住倒吸了一口氣。

他無法相信在蜂谷提醒之前，自己竟然沒有發現這件事。阿虻說的沒錯，從實驗開始的第一天就已經設計好了。

──其他六個人是怎樣的人？

──很遺憾，我並不知道。

「我最初沒有告訴你，**晶片最多只能控制七個人**嗎？」

──只要你們一起做做運動，很快就可以混熟了。

──藤球怎麼樣？剛好可以比賽，連裁判都有了。

「怎麼會有這種事？」

恭平腦海中浮現了『造夢人』的身影。包括自己在內，有**四男四女**。

「那個叫翔太的人並不是實驗對象，而是有人『創造』之後，混入『夢托邦』的虛構人物。」

常做的夢 2

回過神時，發現自己推著腳踏車走在河岸旁。

——我們一起霸占領獎台！

這是我常做的夢，而且每次都從這一幕開始。

九月的傍晚，天空中飄著棉花雲。時間大約是六點左右。走在我身旁的國中三年級學生蜂谷大聲地笑著。當時的他比現在更瘦。

——如果要霸占領獎台，不是需要三個人嗎？

我努力假裝和平時一樣反駁，但我對是否擠出了和平時一樣的笑容缺乏自信，所以就沒有再說什麼，默默地繼續推著腳踏車。

——這種細節問題不重要。

蜂谷把喝完的寶特瓶丟進我的腳踏車籃。搞什麼啊。我像平時一樣抱怨著，但總覺得語氣有點不自然。

——真希望有朝一日，我們可以上體育報的頭版。

——報紙上寫著：深受期待的兩顆明日之星「如蝴蝶般輕盈，像蜜蜂般螫刺」。

這句話是穆罕默德．阿里用來評論自己的話，蜂谷經常把這句名言掛在嘴上，似乎用這句話代表跳水姿勢很優美的蝶野，和最後衝刺很受好評的蜂谷。「是不是用得很妙？」他挺起胸膛說，但因為我回答說「的確很貼切，而且我擅長的是**蝶泳**」，讓他傷透了腦筋，現在回想起來都覺得是充滿懷念的回憶。「我無法接受隱喻竟然比你少一項。」他絞盡了腦汁，最後總算勉強擠出了一個答案。我是很擅長蹬牆漂浮的「蹬牆漂蜂」，蜂當然就是蜜蜂。這樣我們就平分秋色了——。

我陷入這種感傷，在不知不覺中來到了鐵橋下方。列車經過鐵橋發出喀答喀答的巨大聲音。我終於下定決心，決定趁著傳來這陣嘈雜聲時說出口。

——我上高中之後，不打算繼續游泳。

我很希望他沒有聽到，希望聲音在傳入蜂谷的耳朵之前，就被從河面吹來的風帶走。為什麼？因為我知道。因為我知道自己比蜂谷更有才華。

蜂谷停下腳步，握緊了拳頭。

——你是認真的嗎？

——對啊，當然。

——為什麼？

我突然開始思考這個問題。為什麼？為什麼我不想繼續游泳？我在游泳學校認識他至今大約十年，每天都在游泳，希望有朝一日能夠在全國引起轟動。每次游泳時，我都游在蜂谷前面。無論晉級，還是被教練徵詢是否有意願以專業選手為目標，都比蜂谷更早。而且並沒有遇到什麼挫折，在縣大賽中也都能夠名列前茅，沒想到突然就「失去了興趣」。

——沒什麼理由。

——蝶野，你打算逃避嗎？

——少廢話，你該清醒了。

——是誰在說莫名其妙的話。

——我才沒有莫名其妙，其實你應該也發現了。

發現了什麼？發現我們這種程度的才華，根本不可能美夢成真嗎？還是更具體而殘酷的——是針對「我們兩個人之中，誰更有才華？」這個問題的答案？

我不敢看蜂谷臉上的表情，於是移開視線，轉頭看夕陽。

——我們不是要一起霸占領獎台嗎？

——這種話要說到什麼時候？

他用力推我，我連同腳踏車一起倒在地上。蜂谷剛才放在籃子裡的空寶特瓶無力地滾向草叢。

——你明明比我更有才華，不要說這種話！

我雙腿無力，甚至無法站起來。

蜂谷隨時都在和我競爭，他個性不認輸，甚至會說出「我是很擅長蹬牆漂浮的『蹬牆漂蜂』，這樣我們就平分秋色了」這種無厘頭的話。他從來沒有當面對我說過「你比我更有才華」這種話。正因為這樣，我才確信一件事。我們已經回不去了。

他的肩膀上下起伏，用力喘著氣。夕陽從他背後照了過來。因為背光，所以我看不清他的臉，但他似乎在哭。

——你選擇逃避，膽小鬼，你太令我失望了。

少囉嗦，別自以為了不起。

——我要再說一次，蝶野，你是孬種。

我趴在地上，淚流不止。

閉嘴。你為什麼可以這麼率直？

這時我看到長得很高的雜草後方，有一根很粗的四方形木棍被丟在那。

每次都從這裡開始。之前都忠於現實的情節開始扭曲，出現了某些無法控制的「東西」。

——我要殺了你。

我抄起木棍，就像上了發條的人偶般跳了起來，好像劈西瓜一樣，朝向他的腦袋揮了下去。手心可以感受到打中了他，血沫飛濺到臉上。我無視尖叫聲，發了瘋似地重複相同的動作。反正全都是夢，既然這樣就發洩到自己滿意為止——湧起的激動情緒，和被釋放的暴力。我原本想把他打得粉碎，直到看不出原來的形狀，但我發現裂開的腦袋在不知不覺中，變成了另一個人。

——你去看醫生，找醫生看一下腦袋哪裡有毛病。

前上司那張露出狂妄表情且濺滿腦漿和鮮血的臉扭曲著。

——你腦筋有問題。

少囉嗦。

——你現在不是想要殺了你朋友嗎？

——你這個腦袋有問題的膽小鬼，根本無法成為任何人。這就是真正的你。

不是這樣。我想大喊，但無法發出聲音。

真的不是這樣嗎？也許這才是我的本性——。

我再次舉起雙手，掄起木棍。我想徹底打爆他的頭，讓他無法再開口說話。

——這不是夢。

當木棍即將打中他的腦門時，他的臉又變了。

看著我的竟然是我自己。

——這裡就是你的真實生活。

是這樣嗎？既然這樣，就沒什麼好猶豫了。

我拒絕這種像惡夢般的現實。

噗嘰。我聽到了果實被打爛的聲音。

第二章　日落桃花源

1

「啊、你——」

聽到彩花驚慌的聲音時，手肘已經撞倒了冰咖啡的杯子。只聽到咚噹的沉重聲音，漆黑的海洋在木桌上擴散。店員發現狀況後，立刻跑了過來。

「請用這個，一條夠嗎？」

「為了以防萬一，可以請你再給我一條嗎？」

彩花接過兩條小毛巾後，露出無奈的眼神看著恭平說：

「你太心不在焉了。」

星期六下午，他們來到神樂坂這家咖啡廳。今天是這一個月來第一次約會，竟然闖了這麼大的禍。「對不起。」恭平看著彩花詫異的雙眼小聲道歉。

「你今天一直不太對勁。」

「啊，是嗎？」

「感覺魂不守舍。」

交往至今兩年，果然一眼就被她看穿了。

但是，恭平今天無法不思考這件事。

——那個叫翔太的人並不是實驗對象。

——而是有人『創造』之後，混入『夢托邦』的虛構人物。

這是今天早上和蜂谷通電話後發現的衝擊性真相。

——翔太並沒有遭到殺害，而是有人『創造』了他的「屍體」。

這種說法合情合理，只不過恭平還是難以理解。首先，有什麼必要做這種事？

——雖然不知道原因，但你要小心謹慎。

——可能有人「圖謀不軌」。

雖然如此，只要冷靜思考就覺得沒必要驚慌。終究只是夢境的世界。即使如阿虻所說，有『造夢人』帶著「惡意」，也不可能直接傷害自己。因為真正的『造夢人』在『夢托邦』不會死。

「小恭，什麼事讓你——」

她說到這裡似乎突然想到了什麼，沒有繼續說下去。她原本一定想問「什麼事讓你這麼煩惱」，但在說出口之前發現，這個漫不經心的問題，可能會不小心成為傷害生病男友的利刃。

——我叫風間彩花，這個名字的母音發音都有「a」這個音。

他們在兩年前的八月認識，那時候恭平還在公司上班，同時進公司的同事舉辦了聯誼，彩花也來參加。她成長於一家四口的家庭，是家裡的么女。小時候父母離了婚，目前和母親兩個人相依為命，對父親幾乎沒有任何記憶。她比恭平小兩歲，在大型產物保險公司從事行政工作。頂著一頭對上班族來說，髮色太亮的頭髮和花俏的指甲。恭平原本並不喜歡這種類型的女生，但很喜歡她的鮑伯短髮、形狀好看的小巧鼻子，以及明亮的眼睛，而且說話時自然不矯情，和她聊天很舒服自在。

——那是我讀小學時，和同學一起去游泳時發生的事。

那天的聊天主題是「小時候是怎樣的孩子」。她穿上拖鞋，準備衝出門時，媽媽對她說：「妳這個人經常丟三落四，為了以防萬一，還是多帶一條毛巾在身上。」但她不想帶太多東西，所以沒有理會媽媽的提醒。

——沒想到回家路上，下起了傾盆大雨。

也許是因為淋得渾身濕透著了涼，隔天發了高燒，導致她無法參加期待已久的夏季廟會。那次之後，她就養成了「多準備一個，以防萬一」的習慣。

——所以我要多喝一杯酒，以防萬一。

她用搞笑的方式分享自己赤裸裸的失敗經驗令人莞爾，而且最後的哏逗笑了大家，更讓人覺得魅力十足。但是最打動恭平的，還是她不經意透露的一句話。

——我很害怕晚上睡覺。

「太好了，那今天晚上就喝到天亮。」好幾個男生都興奮地說，恭平產生了好奇，忍不住問她原因。

——也許是因為我不捨得「今天」結束。

這根本答非所問。雖然恭平這麼想，但不可思議的是，自己對她產生了親近感。因為無論是基於任何理由，她和自己一樣害怕睡覺。因為恭平一旦睡覺就會做惡夢。由於這個原因，他每天晚上都很怕閉上眼睛。經常夢見自己用木棍打爆一起走在河岸的老朋友的腦袋，或是痛打職場的上司，甚至殺了站在自己面前的自己。

在大家續攤去KTV唱歌時，恭平下定決心邀請她。

——要不要一起開溜？

這是他有生以來第一次。她心生警戒地皺了皺眉頭，但恭平接下來的那句話，讓她最後點頭答應了。

——我想和人聊天到天亮。

——不瞞妳說，我也很害怕晚上睡覺。

這種邀約的話聽起來就像謊言，連他自己也覺得很受不了。明明還有其他的表達方式。但是，她相信了他說的話。

他們走在夜晚的街頭，恭平一個勁地說話。恭平已經忘了當時聊天的內容。應該就只是很容易忘記的無聊內容。但她用全身傾聽、附和，時而瞪大眼睛表示驚訝，時而皺起臉，鼻尖幾乎都快碰到上唇，時而捧腹大笑。恭平樂在其中，幾乎忘了時間的存在。

最後他們走累了，於是決定去商務飯店等天亮。並不是哪一方提出邀約，如果說是

「默契」，聽起來像是辯解嗎？

——訂一個房間就可以了。

為了安全起見，恭平想確認是否有兩間空房時，聽到她這麼說，不禁大吃一驚。

——但要記得買兩瓶水帶去飯店以防萬一。

離首班車大約還有兩個小時，他們相擁而睡。神奇的是，恭平竟然沒有做惡夢。多年來第一次發生這種事，他安然平靜地入睡，真希望永遠不要醒來。

之後兩人又約會了兩次，決定正式交往。

——要不要再約會一次以防萬一？

彩花笑著問，恭平忍不住把她抱入懷中。也許和她在一起，就再也不會做惡夢了。不，即使做了惡夢，自己也擁有必須回來的真實生活，所以根本不需要害怕。因為只要從夢中醒來，她就會在自己身旁。

他們之間的關係從一年前開始變了調。那是在恭平被診斷為發作性嗜睡症之後。不，正確地說，也許之前就已經出現了「預兆」。

——你為什麼在這種狀況下還能夠倒頭大睡？

在約會中途或是通電話時，嚴重的時候，甚至在旅行開著租來的車子時，恭平都無法戰勝撲向自己的睡意。他就像程式被強制結束般突然睡著，彩花總是氣得七竅生煙，他們不知道為這個原因吵了多少次。但從某種意義上來說，這也可以說是一種「平凡的日常」。在他被診斷罹患疾病之後，世界才真正發生了改變。

——即使你生了病，即使你辭去了工作，我仍然愛你。

彩花並不是在安慰他，也不是逞強，這絕對是她的真心。恭平明明瞭解這點，但開始用扭曲的眼光看世界。以前彩花發現比較貴的餐廳時，都會說「我們去吃這一家！」；以前看到櫥窗內的名牌皮包時，都會調皮地笑著說「這個可以作為我今年的生日禮物」，以前她提出了很多任性的要求。以前。以前。以前。

男女朋友之間的關係會隨著時間發生改變，就好像季節變化一樣，未必有肉眼可見的契機，但是恭平總覺得一切都是自己生病的關係，也把所有的原因都歸咎於這件事。

——為什麼彩花無法保持原來的樣子？

——是因為我「異常」，所以她和我相處時也變得小心翼翼嗎？

他知道自己太一廂情願，也很不講理，但是仍然會對彩花不經意的言行感到煩躁，然後覺得她也因此發生了改變。

——即使我罹患了發作性嗜睡症，我還是我啊。

剛開始交往時，每個週末都會見面，漸漸變成隔週才見一次，最近變成每個月一次，在白天的時間一起來咖啡廳喝咖啡而已。彩花對此毫無怨言，也是讓恭平悶悶不樂的原因之一。因為剛交往時，彩花曾經說「我每天都想和你見面」。

——拜託妳看看真正的我。

但是，要去哪裡才能找到「真正的我」呢？

「妳是不是想問，什麼事讓我這麼煩惱？」

恭平不由自主地加強了語氣。

「我不是這個意思。」

在得知恭平生病之後，她很明顯地極力避免和他發生爭執。

「對了，今年的生日還是無法見面吧？」

恭平改變了話題，試圖趕走沉悶的氣氛。

下個星期五是彩花第二十四次生日——關於這個日子，他們兩人之間有一個不同尋常的約定。

——在我們交往之後，希望你能夠答應我一個「任性的要求」。

——在我生日當天，沒辦法和你見面。

恭平本身並不在意這種「節日」，但覺得無論是基於禮儀或是其他因素，既然兩人交往就要重視這種節日。總之，彩花要求他「不要問原因」，所以他至今仍不瞭解其中的理由。如果說他不在意，當然是說謊，但他提起這件事時，她露出滿面愁容，所以他也不想多問。雖然朋友曾經半開玩笑問：「你是不是被綠了？」果真如此的話，彩花的做法也未免太笨拙了。

「嗯，對不起。」

「沒關係，我無所謂。」

恭平在回答時，不經意地看向店內的電視。電視上正在播放午間的資訊節目。

『接下來是今天的特輯。那起悲慘的意外發生即將屆滿十五年，遺族內心的創傷至今仍然無法癒合。那一天，現場到底發生了什麼事？讓我們再次回顧當年的真相。』

恭平想起去做定期健檢時，在地鐵車廂內看到的廣告。廣告上也刊登了同一起事故。

十五年前，恭平才十一歲，但他清楚記得當時連續好幾天，所有的談話性節目都在討論那一則新聞。行駛岩手縣南部沿海的區間車因為土石流導致列車脫軌，墜落懸崖，掉進了大海。雖然列車上的乘務員和乘客人數並不多，但幾乎所有人不是死亡就是失蹤，這個新聞很快就傳遍了全國各地。

「要不要先去結帳？」

即使彩花站了起來，恭平仍然茫然地繼續看著電視螢幕。

『事故發生在十月二日，清晨六點十五分。前一天為止，當地降下破紀錄的豪雨，導致土質鬆動——』

2

回過神時，不見彩花的身影。環顧店內，也沒有看到彩花。

恭平將視線移向大馬路，發現她和一個陌生的男人走在一起，臉上露出了最近和自己在一起時，從來不曾見過的滿面笑容。

「喂，彩花！」他情緒激動地站了起來，身後傳來熟悉的聲音。

「彩花是誰？」

皆笑和奏音一起坐在兩人的座位上，不鏽鋼桌子上放了兩杯冰咖啡。除此以外，還有ＭＤ隨身聽、耳機和書包等每次都相同的配件。

恭平鎮定下來，再度打量店內，立刻看到了「她」的身影。「蝴蝶」在天花板附近悠然飛舞──他嘆了一口氣，聳了聳肩，笑著掩飾內心的害羞。

「皆笑，我和妳睡覺的時間經常重疊。」

之前也曾經在購物中心遇到她。上次她覺得數學太無聊，在上課中打瞌睡時，遇到了恭平。

「有嗎？」皆笑淡淡地用吸管攪動冰塊，「你又發病了嗎？」

剛才明明和彩花一起在咖啡廳，所以顯然是發病了。仔細一看，咖啡廳的裝潢、座位和店內的大小，都和剛才的咖啡廳有很多地方不一樣。這也是理所當然的事，目前這家咖啡廳融合了皆笑、奏音和恭平的潛意識。

「但是很奇怪，我這次也沒有馬上發現是在『夢托邦』。」

一個月前，在「櫻葉公園」發作時也一樣。因為前一刻還在公園，照理說周圍變成了購物中心應該會發現「不對勁」，而且『夢托邦』的原始設定就是「清醒夢」，但上次和這次都完全沒有意識到是在夢中，覺得是現實的延續。這到底是怎麼回事？

「先不說這個。」

皆笑面不改色地看向大馬路的方向問：

「彩花是誰？」

恭平一驚，眼神飄忽起來。

「也不是什麼特別的人。」

「你在說謊。」皆笑站了起來，走到他身旁說：「是不是她？」

她指向以『臨演』身分「友情演出」的彩花問道。

「對啊。」

「她是你的女朋友嗎？」

恭平不想說謊，只能無奈地點頭。

「是喔，很可愛啊。」

皆笑打量著彩花良久——其實恭平在第一天時，就發現她和彩花很像。雖然皆笑的臉蛋輪廓和鼻子的線條更銳利，也更漂亮，但一雙明亮的眼睛很像。正因為這個原因，恭平有時候會感到愧疚。因為雖然是在夢境的世界，但他總是忍不住在意和真實世界的女朋友很像的高中女生。

「你在哪裡認識彩花小姐的？」

皆笑走回原來的座位，揚了揚下巴，示意恭平坐在旁邊的椅子。恭平順從地聽從了她的指示。

「都是以前的事了。」

「止因為是以前的事，所以才想知道。」

光是這樣的對話，就讓恭平感到和以前不一樣。現在的彩花不會像這樣追問，為了避免不必要的爭執，她總是選擇退讓。於是聊天自然減少，每次和她在一起時就覺得自己是生病的「瑕疵品」。

但是皆笑並不會這樣。她是在知道恭平生病和失業的基礎上，面對「真實的自己」，所以和她聊天時很輕鬆自在。

最後，恭平屈服了。他說出了他們在聯誼時認識，彩花「多準備一個，以防萬一」的信條，以及不知什麼原因，無法見面的「生日之謎」——但是他隱瞞了見面第一天就一起去商務飯店過夜的事。

「彩花小姐真有趣。」

恭平說完後，剛才默默傾聽的奏音開了口。仔細一看，她的雙眼通紅，感覺就像是哭腫了。自己遇見她們之前，發生了什麼事嗎？

「我的事不重要，比起這件事——」

在說明彩花的事告一段落後，他提起今天早上的事。反正今天晚上，大家又會聚集在一起，根本不可能逃避現實，當作什麼事也沒有發生。

「妳們有沒有發現參加者人數有問題？」

有人在第一天就讓翔太混了進來，而且那個人在計畫的第六十三天，終於做出了「殺死」翔太的粗暴行為。

「一定是滑川，」奏音咬牙切齒地說，「因為他那時候笑得很開心。」

「但是他這麼做有什麼目的？」

皆笑微微歪著頭看向恭平，似乎在徵求他的意見。

「先不討論凶手是不是滑川，但我覺得凶手計畫得很周密。」

計畫第一天的情況，讓恭平產生了這種想法。當時自己戰戰兢兢地『創造』了手槍拿在手上，然後射出了雷射光。這已經是他的極限了，但是有人在第一天就已經大膽地『創造』了人，而且讓他混入成員之中。雖然這只是他的直覺，但他認為凶手並不是臨時起意。

「我超害怕。」

奏音滿臉緊張，抽抽噎噎地哭了起來。她的一頭金髮似乎也沒有平時那麼鬈。

「而且『第一個人』是什麼意思？簡直就像在預告，接下來還會有其他犧牲者。」

恭平也有同感，但即使「凶手」別有禍心也不需要恐慌。正因為這樣，所以才會為無法瞭解「凶手」的意圖感到心裡發毛。

「在夢境中真的不會死吧？」

恭平無法承受奏音求助的眼神，看向了大馬路。彩花早已離開，但這種事已經不重要了。因為他覺得腦海中閃過了極其可怕的可能性。

「以後每天睡覺都會很可怕——」

奏音注視著桌上的某一點嘀咕著。她雖然說得很簡潔，但直搗問題的核心。身處『夢托邦』時很容易忘記，但『造夢人』是生活在真實世界、活生生的人，不可能完全不睡覺。

也就是說，在某個時間點必須出現在『夢托邦』。

「所以我想先睡飽，然後一整晚都不睡覺，這樣就不必和大家見面了，報酬我也不要了。」

於是她決定在白天睡覺，結果就遇到了苦笑。無法消除對夥伴的懷疑，但仍然能夠和別人在一起的安心感，讓她原本勉強維持住平靜，但如今內心的表面張力已經到達了極限，所以她的雙眼哭得又紅又腫。

「無論誰說什麼，我都不希望被人奪走這個世界，絕對不要。」

奏音咬著嘴唇。

「因為『夢托邦』才是我能夠真正做自己的地方，對我來說，這裡才是真真切切的真實世界。」

從某種意義上來說，這段話是真理。對現在的自己來說，擺脫所有制約和不合理的『夢托邦』是無可取代的「真實」。

但是，這時恭平發現了。

他發現了前一刻閃過腦海，那極其可怕的可能性。

「奏音，我覺得妳最好不要白天睡飽，晚上不睡覺。」

「為什麼？」

「因為和對方在相同時間睡覺，反而比較安全。」

「為什麼？」

「因為只要『凶手』也在睡覺，就無法直接傷害我們。」

「等一下，如果『凶手』是『造夢人』中的某個人呢？」

「我並不是在說『夢托邦』的事。」

奏音似乎仍然沒有理解恭平說的話，旁邊的皆笑倒吸了一口氣。她似乎發現了。她也發現並沒有人說，下一個犧牲者會出現在『夢托邦』這件事。

「我們都是活在真實世界的人。」

既然在夢中不會死，除此之外，就只有一種可能。如果真的會遭到殺害，那就是**發生在真實世界中**。

「所以妳錯開睡覺時間單獨行動很危險——」

恭平說到這裡，整個世界突然開始以超乎想像的程度劇烈搖晃。視野傾斜，身體幾乎快懸浮在空中。

皆笑和奏音的慘叫聲立刻被巨大的碎裂聲淹沒，四處都是玻璃碎裂和東西相撞的聲音。整個地面開始傾斜，大馬路上的無數車子滑落，簡直就像災難電影的場景。

「趕快抓住桌子！」

恭平在大叫的同時，看到皆笑抱住了放在桌上的書包。

「喂，現在不要管這種東西了！」

這時，飛過來的觀葉植物盆栽打中了皆笑。都怪她只顧著她的書包。她隨著瓦礫一起被吹向大馬路。皆笑！喂，皆笑——。

醒來時，發現自己身處剛才那家咖啡廳。木桌上有兩塊吸了大量冰咖啡的小毛巾，店內的電視機螢幕上，主播一臉沉痛的表情說著『希望不會再發生同樣的悲劇』。

「你終於醒了。」

轉頭一看，發現彩花似乎已經結完帳，站在自己身旁。

「我剛才一直搖你。」

原來是這樣，所以世界才會劇烈搖晃。不知道她們兩個人是否平安。

彩花並不瞭解他的擔心，在他對面坐了下來，用力抿緊雙唇，露出銳利的眼神看著他。恭平知道她很生氣，但之前曾經多次發生相同的狀況，而且即使責怪他「不小心睡著」這件事，他也無能為力。

「怎麼了？」

但她還是用力瞪著恭平。

而且她的眼眶似乎有點濕潤。

「妳幹嘛這麼——」

「皆笑是誰？」

彩花意想不到的問題，讓恭平臉色發白。她怎麼會知道這個名字？

「你剛才說夢話時提到的，那個人對你這麼重要嗎？」

3

「大家都到齊了。」

計畫第六十四天。這一天的舞台是高中的教室。記得計畫第一天時，也在類似的教室裡。感覺已經是很久以前的事了。如果要說和當時有什麼不同，就是成員的人數「少了一個人」。

「是誰幹的？趕快出面承認。」

滑川跳到講台前，巡視著所有人說。他和昨晚一樣，不知道該說他有點興奮，還是樂在其中。

恭平覺得如果和他對上眼可能會遭到糾纏，於是就看向窗外。萬里無雲的晴空中，「蝴蝶」拉出一道彩虹——即使發生了那種事，『夢托邦』仍一如往常地存在。

「即使問了，也不會有人承認『是我』，那我就來個別問每一個人。首先是你。既然你一開始就發現了，為什麼沒有告訴大家？」

阿虻成為第一個目標。他仰頭看著天花板似乎在思考，聽到滑川的問題立刻看向講台的方向。他左手摸著下巴，右手中指神經質地敲著桌子。

「因為我想觀察事態的變化。」

「這個藉口聽起來很牽強。」

滑川逮到了機會展開攻勢。

「不好意思，你看起來嫌疑最大。」

那可未必。恭平心想。假設阿虻是「凶手」，他會在當時說出「人數一開始就有問題」揭曉謎底嗎？至少在當時的狀況下，「凶手」做出引人注目的行為並非上策。

「哼。」阿虻冷笑一聲後，抱起雙臂靠在椅背上。

「既然你這麼說，那我反過來問你，你有什麼方法可以分辨出『有人刻意混入的異物』嗎？即使我當時說了，又能怎麼樣？」

阿虻的反駁讓滑川啞口無言。

蜂谷之前曾經向恭平說明過識別『造夢人』和『臨時演員』的方法，可以藉由對方是否「主動」和自己接觸來進行判別。但是並沒有方法可以分辨對方到底是『造夢人』，還是『創造』出來的「虛構人物」。最好的證明就是在計畫第一天的教室內，某人的「創造物」——翔太主動對恭平說話。

——哥哥，請你也簡單介紹一下自己。

也就是說，這裡的成員只是每天晚上都會見面而已，根本無法確認彼此是不是『造夢人』。

滑川不悅地皺著眉頭，阿虻不理會他，像是喃喃自語般地說：

「我喜歡這個世界，也不想造成混亂，所以在知道誰是『異物』之前，保持沉默不是比較好嗎？」

阿虻可能認為，一旦指出有奇怪的人混在其中，只會助長大家疑神疑鬼，甚至可能導致內部分裂。與其這樣，不如接受這種狀況，若無其事地過日子。雖然完全無法猜透他內心的想法，不知道他是樂在其中，還是感到很無聊，但他其實想得很深入。這意味著阿虻也認為這個世界是他的容身之處。

「呿。」滑川咂著嘴，然後轉移目標，依次問每個人「那你呢？」所有女人都表示否認，當然最後問到了恭平。

恭平猶豫再三後，說出了無意中發現的可怕的可能性。那就是每個『造夢人』在真實生活中，都是有「戶籍」的活人，這意味著不能排除在真實世界入睡時，遭到凶手襲擊的可能性。果真如此的話，每天晚上在『夢托邦』見面也許反而安全。

大家都暫時沉默不語。有人用冷笑表示荒唐，也有人嚇得不敢動彈。雖然如何理解是每個人的自由，但恭平最迫切的願望，就是不希望再有下一個犧牲者。

——但是，不光是這樣而已。

恭平比任何人更清楚，自己最害怕什麼事。

「啊，你們看。」

京子突然打破了沉默。

「大家檢查一下自己的桌子抽屜。」

恭平聽了，立刻向桌子抽屜內張望，忍不住倒吸了一口氣。因為抽屜內的那張紙，和昨天從天空飄落的紙完全相同。

「我不要。」

奏音看了紙上的文字後嚇得渾身發抖，抱著頭趴在桌子上。所有人紙上的內容似乎都一樣。

「太好玩了，那就接受挑戰！」

滑川激動地踹倒講台，像往常一樣『創造』了衝鋒槍握在手上。

「雖然不知道是何方神聖，那就來全面開戰！」

紙上寫著『即使在夢中，人也會死』。

這句話簡直就像在回應恭平剛才的發言——雖然一定是在場「某個人」的傑作，但是之前在愛妮島時就已經實際證明，即使被槍打穿心臟也不會死。既然這樣，紙上的這句話究竟是什麼意思？

「請你告訴我，」阿虻靜靜地站起來，「到底有什麼目的？」

滑川喘著粗氣，手上舉著衝鋒槍。奏音仍然趴在桌上。皆笑咬著嘴唇，繃緊了全身。

京子持續搖著頭。紅葉只是看著窗外。包括阿虻在內，其中「某個人」設了這個局。

「這就是我想要的！」

滑川的身影開始模糊。

「我就是想要這種無聊透頂，卻又是最棒的世界。」

他的身影消失了，留下了卑鄙的笑聲。

教室內頓時陷入了寂靜——那裡已經不再是『夢托邦』，完全就是充滿邪惡企圖的「惡夢」。

『蝶野恭平先生，早安。』

恭平揉著還沒完全睡醒的眼睛，看著手機螢幕。出現在螢幕上的還是那個擬真影像的女人。

『今天是第六十四天，請問你今天早上的心情如何？』

只過了一個晚上嗎？恭平忍不住苦笑起來。昨天晚上發現了翔太的屍體，然後和彩花去約會，在咖啡廳內猝睡症發作，在和剛好也在場的奏音、皆笑說話時，感受到劇烈搖晃。因為這個緣故，不小心在說夢話時喊出了「皆笑」的名字，之後彩花就不接電話。這一整天未免發生了太多事。

他看向掛在牆上的年曆。十月二十三日那天畫了一個紅色的大圓圈。那是計畫的最後一天。回想起來，「實驗」開始時還是夏天。當時覺得九十天的實驗期間很漫長，但如今只剩下不到三分之一的時間了。

「從昨天開始就一直做不愉快的夢。」

以後每天都會做惡夢嗎？無論在真實世界，還是在夢境的世界，都必須為可能會被人殺害而惶惶不可終日嗎？

『這樣啊，請問是什麼內容？』

「成員中有人威脅其他人，即使在夢境中，人也會死。」

擬真影像女並沒有感到驚訝，輕鬆地擠出一如往常的假笑。

『可能是最近有點累了。』

——開什麼玩笑！

雖然恭平這麼想，但並沒有說出口。他知道無論對這個女人說什麼都是白費口舌，因為公司只允許她照本宣科地回答問題。重要的是必須向負責人瞭解情況。

『祝你有美好的一天。』

通話結束，恭平確認螢幕變暗後，立刻開始打掃房間。

「房間並沒有像外面看起來那麼舊。」

上午十一點多，蜂谷來到恭平的公寓。

「你隨便坐。」

恭平去給他一個座墊，自己坐在床上。

「不好意思，家裡很小。」

「這個房間很不錯啊。」蜂谷說了這句無法發揮任何安慰作用的奉承話後，瞥了一眼掛在牆上的年曆問：

「畫圈的日子是？」

「這不是計畫的最後一天嗎？沒想到負責人竟然問我這個問題。」

「我不是問那一天，而是問『二號』這天。」

他指著下週五——這一天只畫了一個很小的圓圈，恭平沒想到他竟然會問這件事。這傢伙的眼睛真利。

「是我女朋友的生日。」

「是喔，沒想到你還滿可愛的嘛。」

「少囉嗦。」

於是恭平簡單扼要地向蜂谷說明了「生日之謎」。交往至今，從來沒有在生日當天為她慶生。雖然朋友懷疑彩花劈腿，但生日當天並不會聯絡不到她。恭平很想趕快進入正題，但蜂谷似乎對這件事很感興趣。

「這個叫彩花的女生真是個魔性之女。」

「也許吧。」

「星期五嗎？」蜂谷嘀咕著，拿出了手機，似乎有什麼計畫。

「幹嘛？」

「沒有啦，我只是在想，應該找一天安排特休。」

恭平聽到他這麼說，便猜到了他的企圖。

「你該不會——」

「如果你沒有意願，我不會邀請你一起來，但既然機會難得，想來做一件平常休假時無法做到的事。我剛才已經向主管請了假。」

蜂谷在螢幕上操作後，露出潔白的牙齒笑了起來。

「偵探遊戲應該很好玩，而且是調查以前好朋友的女友有沒有外遇，如果不感到興奮才很奇怪吧？」

「你少給我幸災樂禍。」恭平輕輕戳了蜂谷一下，但他自己也很好奇。雖然並不認為彩花會劈腿，但到底會是什麼原因？

「按照規定，窗口不可以在休假的時候和實驗對象見面，但我們今天也像這樣見了面。既然破壞了規定，那就來做一些好玩的事。」

遇到這種事，就會覺得真實生活似乎也不壞，真是太不可思議了。

「好了，言歸正傳。」

恭平坐直之後，問了幾個針對現狀所產生的疑問。他是為了這個目的，才會邀請蜂谷來家裡。蜂谷雖然一開始說「見面會違反規定」表示拒絕，但恭平用「這是人命關天的事」這個理由說服他，他才終於勉為其難地答應。

恭平首先對發作性嗜睡症和『夢托邦』的謎團產生了興趣。至今為止曾經發作過兩次，他被送到購物中心和咖啡廳時，都誤以為是真實生活的延續，沒有立刻產生是在夢中的「自覺」。

「真有意思。」蜂谷摸著下巴，看向天花板。

「我提出一個假設——」

由於神經傳導物質食慾素的作用，人通常會緩慢地從清醒狀態進入睡眠狀態，但如果分泌量減少，大腦就會一下子進入睡眠狀態。眾所周知，這就是發作性嗜睡症的機制。

「我想可能是因為狀態切換的速度太快，導致晶片來不及發揮控制作用。」

結果就導致顯意識還來不及認識眼前的狀況，便已經進入了『夢托邦』。聽了蜂谷的推論，恭平雖然不瞭解詳細的原理，但覺得的確有這種可能性。果真如此的話——。

「如果無法保持『自覺』，會發生什麼嚴重的狀況嗎？」

在聽取蜂谷介紹這項計畫時，恭平問了好幾次，蜂谷都堅持不願回答這個問題。

「我很清楚一定會發生什麼嚴重的狀況，所以你才含糊其辭。」

蜂谷閉口不語，似乎被恭平戳到了痛處。到底該說，還是該繼續隱瞞？可以清楚感受到他陷入了天人交戰。

恭平決定靜靜等待他親口說出真相。

「你願意發誓，絕對不會告訴別人嗎？」

不一會兒，蜂谷終於放棄堅持開了口。他的額頭上冒著大顆的冷汗，語氣中帶著不尋常的緊迫感。

「我接下來要說的內容，在『夢境計畫』的所有祕密中，絕對屬於最高機密。」

「我知道。」

「但是聽你說了發作性嗜睡症和缺乏『自覺』的情況後，為了保護重要的老朋友，就覺得即使違反規定也必須向你說清楚。」

「我知道了，你不要再吊我的胃口了。」

恭平硬是擠出笑容試圖緩和氣氛，但蜂谷臉上的表情沒有改變，這件事讓恭平的心跳繼續加速。

「**會死**。」

「啊？」

自己聽錯了嗎？恭平一時無法理解蜂谷說了什麼。

「我說會死。」

「等一下，這句話是什麼——」

「如果在失去『自覺』的狀態下被其他『造夢人』殺害，就真的會死。」

恭平感到暈眩。他覺得蜂谷瘋了，但是蜂谷注視他的眼神嚴肅得讓他忍不住顫抖。

「所以我才一次又一次提醒你，無論如何都要保持『自覺』。」

4

「有兩個條件。第一個條件就是我剛才說的，當事人失去了『自覺』。另一個條件，就是要被其他有明確殺人動機的『造夢人』殺害。」

雖然恭平不太能理解，但蜂谷仍然繼續說了下去。

「你在開玩笑吧？」

「雖然不瞭解明確的原因，但大腦產生了誤信成為目前的定論。結果就因為誤信，導致心肺功能停止，或許可以說是某種休克死亡。如果在夢境中死亡，在現實中也會死去。你有沒有聽說過這個都市傳說？這種情況也一樣。」

「太荒唐了。」恭平好不容易擠出這句話

「你不是曾經對我說，在『夢托邦』無論發生任何事，『造夢人』都不會死嗎？難道那句話是騙人的嗎？」

「就是這麼一回事。」

蜂谷說話的語氣很冷靜，並不像在開玩笑。

「不可能有這種事。」

果真如此的話，目前所有『造夢人』的處境也會發生極大的變化，這意味著無論在夢境和真實生活中，都無處可逃。

「但是你可以放心，正因為我們判斷不可能發生這種情況，所以才開始執行這個計畫。」

「別鬧了！你有什麼根據斷定不會發生這種情況？」

「因為我們採取了幾項措施，避免這種情況發生。」

蜂谷說其中一項措施，就是規定『造夢人』不可以在真實世界中和其他『造夢人』接觸。為了明確劃出夢境和現實的界限，就必須讓『造夢人』意識到，其他『造夢人』是「只有在夢境中才會遇到的人」，提亇『造夢人』能夠在看到其他成員後，發現自己身處『夢托邦』的可能性。

「不僅如此，最大的關鍵當然不需要我再說明了。」

「蝴蝶」——只棲息在『夢托邦』的虛構存在，是可以證明這裡是夢境的絕對象徵。但是蜂谷說，「她」的存在意義並不是只有這樣而已。

「不知道你是否曾經經歷過，在『夢托邦』突然失去行動自由的現象？」

就是那種情況。恭平立刻想到了。第一次是在「巴士事故」發生的時候。那一次，恭平在海灘上發現了蜂谷的「上半身」，想要跑過去，但中途雙腳被埋進了沙灘，無法順利向前移動。

「姑且不計較出現我的屍體這件事。但是你當時無法前進的原因，正是關於『蝴蝶』的潛規則——『她』是讓『夢托邦』安定的錨。」

「錨？」

「『造夢人』無法離開『蝴蝶』超過一百公尺。」

蜂谷說，這件事有兩個意義。第一是技術方面的極限。植入每個人腦袋的晶片是超越人類智慧的高科技產品，但並不具有無限威力。如果世界太大就會超過晶片處理能力的極限，所以必須將世界限制在以「蝴蝶」為中心、半徑一百公尺的球體內部和一個場景。因此，當『造夢人』試圖離開限制區域時，身體就會無法自由活動。原來如此，恭平想起在「巴士事故」發生當時，自己在沙灘上無法動彈，他在月光下看到很像是「蝴蝶」的影子出現在遙遠的夜空中。原來那是因為離「她」太遙遠了。

「還有另一個意義，是基於安全性的問題。」

如果單就處理能力來看，可以將夢境世界設定得更大。

「但是我們最重視『造夢人』的生命，於是用倒推的方式，計算出『造夢人』可以看到『蝴蝶』的距離。」

「蝴蝶」比真實生活中的蝴蝶更大，再加上尾部拖著一道彩虹，所以在遠方也可以用肉眼確認，但正如蜂谷所說，如果超過一百公尺的距離就很難用肉眼確認了。

「我們在極力不破壞世界觀的同時，努力採取安全措施，避免『造夢人』失去『自覺』。」

「但是——」

「不光是這樣，這些都是保護『造夢人』的安全措施。如果要在夢中殺人，還必須克服好幾個障礙。」

那就是「必須有明確殺人動機的其他『造夢人』」。

「必須是『明確的殺人動機』——如果是意外或是不幸被捲入，就無法成立。假設你騎機車不小心撞到人，也不會撞死對方。」

「你的意思是，必須明確想要撞死對方才行嗎？」

「沒錯，而且重點是必須要讓遇害的對方有充分的時間意識到『他想殺了我』。也就是說，在遠處狙擊或是踩到預先埋設的地雷都不行，從背後悄悄靠近割喉也不行，反正就是無法讓當事人發現自己被殺的暗殺行為都不行。」
「為什麼？」
「沒有人知道真正的原因，這只是推測，目前認為關鍵在於『自己和他人的意識融合』。」
也就是說，普通的夢只是個人潛意識的發現，夢境中的狀況無法超越個人想像的範圍。但是『夢托邦』是參加者的意識集合體——參加者身處這個無法預測的世界，大腦處於某種高壓的狀態。這種不確實性是引起誤信的原因，在這種狀況下，如果承受他人的殺機這種強烈的能量，就會在極度混亂之後休克死亡。
「差不多要十秒以上的時間，這只是大致的標準。如果在這段時間內，讓對方持續承受『我會被殺』的壓力，就會讓大腦產生誤信而導致休克死亡。這是在滿足各項條件之下，最正統的殺害方法。」
蜂谷依次折起了豎起的兩根手指。
「無論是『刺殺』或是『射殺』——都必須面對面，持續威脅對方超過十秒。這是必要條件。」
「太嚴格了。」
「我剛才也說了，『夢托邦』為了確保『造夢人』的『自覺』，設置了多重安全措施。很難想像有人能夠鑽入安全網的漏洞，趁對方失去『自覺』的瞬間，當面刺殺或是射殺對方，而且一旦有了十秒鐘的時間，對方就會在這段期間發現『蝴蝶』，更何況沒有人知道這個規則。」

就在這個瞬間，恭平想起了今天早上那一幕。所有人桌子抽屜中的那張紙上，寫的那句震撼的話推翻了所有的前提。恭平說出那件事後，蜂谷臉色大變。

「你說什麼？」

「這是不是意味著有人知道這個規則？」

「不可能有這種事。」

「但是紙上的確這麼寫。」

「一定是虛張聲勢，否則到底是誰，在什麼狀況下知道這個規則？」

「搞不好有人從窗口那裡聽說，就像你現在告訴我一樣。」

「難以想像。」蜂谷語氣激動地說。

「窗口怎麼可能把這種事告訴實驗對象！我的確告訴了你，但這是因為情況特殊，發生了翔太遭到殺害的異常狀況，而且還有關於你的疾病的特殊情況，否則我會一直瞞著你。」

恭平相信蜂谷說的是實話。「對不起。」他鞠躬道歉。

「雖然不能放鬆警惕，但也不需要太擔心。只剩下不到三十天了，希望你能夠充分享受到最後，然後領到一大筆獎金。」

蜂谷臉上露出了勉強擠出來的尷尬笑容。

5

「危險！」

阿虻用橡皮艇的船槳打向從海面上探出頭的大白鯊。全長超過六公尺的龐大身體在水中翻身，橡皮艇立刻用力搖晃起來。

「有好多啊。」

恭平抓著甲板上的欄杆探出身體。粗略看了一下，就看到三尾大白鯊包圍了參加者的小型遊艇游來游去。不難猜想萬一不小心落入海中，轉眼之間就會葬身魚腹。

計畫第六十五天。舞台在海洋上，完全就是電影《大白鯊》的世界觀。不知道為什麼，今天少了兩名參加者。

「京子，抓住我的手！」

緊緊抓著欄杆的皆笑伸出左手的同時，船身再度劇烈搖晃。一定是大白鯊用身體撞了過來。「啊，糟了！」

隨著啪嘰一聲碎裂的聲音，京子重心不穩，從甲板上掉了下去。

「啊喲喲。」紅葉伸長脖子，觀察著海上的情況。她緊緊抓著欄杆和繩子，身上不知道什麼時候穿好了橘色的救生衣。她果然很冷靜沉著。

「京子！」阿虻丟下船槳，跟著跳入海中。

「不，不要衝動！」恭平大聲叫著，看到露出海面的三個背鰭。

那三個背鰭朝向京子和阿虻落海的位置加速前進。

——那就看我的。

恭平手上出現了巨大的魚叉。雖然也可以用機關槍掃射這些大白鯊，但既然是夢，這種傳統的武器更加刺激。

「這種東西能夠打贏牠們嗎？」

皆笑皺著眉頭問，恭平向她豎起大拇指，準備從甲板跳下海時——。

觀眾席鴉雀無聲，等待比賽開始的鳴槍聲；游泳池的水面在眼前晃動，接著是響徹泳池的鳴槍聲。腦海中閃現了無數懷念的景象。

——你還記得「如蝴蝶般輕盈，像蜜蜂般螫刺」嗎？

當然記得，我從來不曾忘記過。

我是跳水姿勢很優美的蝶野。

他用力踢向甲板，身體飛向空中。收起下巴，低下頭。雙臂向前伸直，腳尖繃緊。噗通。隨著一聲沉悶的聲音，海水打在臉頰上。白色水沫擋在眼前，一時之間什麼都看不見。但是這種情況只維持了短暫的時間，他立刻感受到浮力，冰涼的水很舒服。他聽到小氣泡發出噗嘟噗嘟的聲音。睜開眼睛，前方不遠處的海面附近有四條腿，還有三個影子正朝向他們逼近。

恭平立刻浮出海面，撥開黏在臉上的頭髮，用力深呼吸了一次。

——不用怕，我才不會輸給魚。

他把臉貼向海面，併攏的雙腳一起踢水。海豚踢。我現在是海豚。他雙手划水，扭動腰部以下的身體，在浮起的同時挺直了身體。在真實世界裡，右手拿著這麼長的棍棒，不可能游得這麼順暢，但今天顧不得這些細節了，而且這裡是所有夢想都可以成真的世界。

他在挺直身體的同時，右手猛然伸向前方。他感覺到魚叉刺進身體的沉重感覺。魚叉刺進魚鰓旁的位置，大白鯊扭動身體開始掙扎。魚叉刺得比想像中更深，可能無法輕易拔出來，但這完全不是問題。恭平的手上馬上出現了「第二支」。

——還有兩尾。

就在這時，大白鯊突然改變了方向。不知道牠們是否發現了新的獵物，轉眼之間就轉身離開了，恭平不由得有點洩氣。

「你太厲害了。」

回頭一看，阿虻抱著京子浮在海面上。

「你救了我們。」

「你太客氣了。」

終究只是夢。雖然恭平這麼想，但他並沒有把這句話說出口。因為他想繼續沉浸在這種幾乎忘記的興奮和激動之中。

就在這時，皆笑帶著緊張的叫聲響徹整個海面，穿著救生衣的紅葉在她身旁捂著嘴。轉頭一看，發現一群大白鯊正在不遠處的海面上攻擊獵物。是海豹或是海象嗎？恭平似乎在水沫中看到了像是人類手臂的東西——。

恭平和阿虻、京子一起回到船上後，急忙來到甲板上，站在發出無聲的尖叫的皆笑和紅葉身旁。

「不會吧？這是怎麼回事？」

他看著海面，整個人都愣住了。紅葉終於忍不住在旁邊嘔吐起來。滑川的手臂和僅剩上半身的屍體，漂浮在被染成一片鮮紅色的海面上。

「對不起，我來晚了。」

遲到的奏音出現在甲板上，立刻納悶地看向周圍，發現了異樣的空氣，皺起了眉頭。

「咦？大家都怎麼了？」

皆笑仍然緊抓著欄杆，阿虻閉上眼睛搖著頭。京子渾身發抖，淚水順著臉頰流了下來，紅葉仍然嘔吐不已。

「看起來不像是暈船，」奏音看向海面，「不會吧——」

她翻著白眼，倒在甲板上。眼前的景象對於才剛到的她實在太震撼了。

「你看。」阿虻戳了戳恭平的側腹，他回過了神。阿虻一臉凝重地望向天空，恭平從他的表情，大致猜到發生了什麼事。

他撿起飄落在腳邊的那張紙，在眼前攤開。

果然不出所料，紙上寫著簡潔到有點殘酷的「四個字」。

6

傍晚六點多，手機接到來電後震動起來。

「怎麼了？」

恭平穿著睡衣茫然地看著電視，懶洋洋地接起電話。

「你認識滑川哲郎吧？」

蜂谷高亢的聲音明顯有些不對勁，但更奇怪的是他竟然提到了其他『造夢人』的名字。窗口負責人不可能知道其他實驗對象，即使知道，一旦說出來就違反了規定。而且他提到的名字正是昨晚到今天早上這段時間，以「屍體」出現的滑川。恭平立刻知道發生了什麼緊急狀況。

「對，我知道，他怎——」

「他死了。」

「你說什麼？」

今天早上，他的確在『夢托邦』成為「屍體」，漂浮在海面上，但恭平以為是「某個帶有惡意的人」所『創造』的「假屍體」——當事人因為某種緣故，昨天晚上無法參加「實驗」。

「在神戶的商務飯店發現了他的屍體。」

「確定嗎？」

「錯不了，滑川的晶片昨天晚上突然失靈，雖然也有可能只是故障，沒想到在調查之後——」

他竟然死了。死亡時間是晚上八點四十五分，死因是睡眠時發生急性心肌梗塞，目前排除他殺的嫌疑，也沒有更進一步的消息。

「你剛才是說，他在睡覺時發生心肌梗塞？」

恭平重複了這句話想要確認，蜂谷立刻察覺了他的意思。

「這只是巧合。」

「怎麼可能有這種巧合！」

「以機率來說，有這種可能。」

「但是在滑川死去的那天晚上，『夢托邦』也剛好出現他的屍體，而且又出現了寫著『第二個人』的紙，所有情況全都湊在一起的機率有多少？」

不用懷疑，所有的事都不是偶然湊在一起。晚上八點四十五分是「實驗」尚未開始的時間，他已經被人殺害了，那昨天晚上到今天早晨，在『夢托邦』出現的他的「屍體」究竟是——。

「等一下，你剛才說『出現了他的屍體』？」

蜂谷顯得驚慌失措，向他確認這件事。

「對啊，怎麼了嗎？」

「即使在夢中死去，也只會從『夢托邦』消失，**不會留下屍體**。」

「什麼？是這樣嗎？」

但是聽到蜂谷這麼一說，就覺得應該是如此。因為『夢托邦』所出現的一切，都是建立在參加者的「意識」基礎上。反過來說，一旦意識消失，「死者」就不會在『夢托邦』留下任何痕跡。

恭平為了整理事件脈絡，隨手拿了一張影印紙開始動筆寫字。

首先是關於時間順序——。

九月二十七日　晚上八點四十五分　『真實世界』：滑川在神戶的飯店內死亡

　晚上十點至隔天上午八點　『夢托邦』：海上出現滑川的屍體

九月二十八日　晚上六點（現在）　『真實世界』：發現滑川死亡，接到蜂谷的電話

由此可見，昨天晚上『夢托邦』發生的事，顯然是建立在真實生活的基礎上。

接著，他又整理了『夢托邦』的世界觀——歸納出目前為止已知的事實，只有以下幾種情況才會出現在『夢托邦』。

①『造夢人』本人　※一旦死亡就會消失（不會留下屍體）

②『造夢人』潛意識的投影　※和『臨演』一樣
③『造夢人』所『創造』的事物

但是，即使在夢中死亡也不會留下屍體，所以昨晚的屍體並不是①，而是②或③，然而值得注意的是，**滑川在真實世界中真的死了**。這當然並不是偶然。雖然平時就討厭滑川的某個『造夢人』的深層心理，剛好在昨晚強烈地反映在『夢托邦』的世界觀，結果導致他的屍體成為『臨演』出現，他又剛好在同一天於真實生活中死去的這種可能性無法排除，但是，這件事真的可以用「偶然的產物」這幾個字總結嗎？還是知道他死去的某個人『創造』了他的屍體，這種想法更加合理？如果是這樣，到底又是誰？顯然就是在『夢托邦』殺了他的「兇手」。

但是，蜂谷毫無根據地否定這個意見。

——這也難怪。

因為真的有人死了。這是關係到「實驗」是否繼續進行的重大問題。

「但是，『實驗』會繼續進行。」

聽到蜂谷語氣堅定地說出這句話，恭平有點搞不清楚自己的想法。既認為太荒唐，又對「實驗」會繼續進行感到鬆了一口氣。

——你還記得「如蝴蝶般輕盈，像蜜蜂般螫刺」嗎？

昨天晚上，在『夢托邦』想起了這句話。

飛向空中，衝入水中撥水前進的那種快感。遺忘已久的游泳的感覺，難以置信地強烈烙印在恭平的腦海中。

——所以，絕對不能讓任何人奪走。

無論帶著什麼樣「惡意」的傢伙躲在那裡，無論那個傢伙多麼希望摧毀這個桃花源，都絕對不能讓他得逞。自己要守護那裡，所以恭平知道自己該說什麼。

「我絕對會找出『凶手』。」

蜂谷在電話的另一端苦笑著。

「你是認真的嗎？現在還不確定是他殺——」

「絕對就是，所以我要逮住那個傢伙。」

「果真如此的話，你更不該輕舉妄動。萬一刺激到對方，下次對你下手怎麼辦？」

「沒關係，反正我——」

反正在真實世界，根本沒有我的容身之處，所以我只能保護這個桃花源。

蜂谷沒有再說什麼，可能覺得恭平很幼稚、愚蠢，很受不了他。

「你要這麼想是你的自由，即使真的是這樣，你打算怎麼抓人？」

恭平立刻想到一個方法。這種想法太理所當然了。

「很簡單。」

「喔？」

蜂谷立刻產生了好奇。他前一刻還堅持「不可能是他殺」，沒想到態度竟然有這麼大的變化——原來如此，因為只能對外堅稱「無法確定是他殺」，但蜂谷自己也非常瞭解「他殺的可能性相當高」，不，也許夢公司的很多相關人員都這麼認為，只不過既然滑川的死因是心肌梗塞，被認為是他殺的可能性微乎其微。

這時，某個根源性的、極其不快的疑問影子閃過恭平的腦海。

——如果在夢境中死亡，在現實中也會死去。你有沒有聽說過這個都市傳說？

耳邊突然響起蜂谷昨天的說明。雖然當時沒有多想，但總覺得有哪裡不對勁，只不過他無法捕捉到那個影子，最後只能放棄思考，繼續說明自己的想法。

「除了滑川以外，昨天晚上八點四十五分處於睡眠狀態的實驗對象，不就是頭號嫌犯嗎？」

既然要在夢境中殺人，**凶手也必須在相同的時間睡覺**，這就像是某種「沒有不在場證明」。雖然無從得知是否真的在那裡殺人，但至少有助於鎖定嫌犯。

沒想到蜂谷在電話的另一端發出不乾不脆的嘆氣。

「如果你想從這個角度找凶手，恐怕無法如願。」

「為什麼？」

「『夢托邦』必須盡可能保持自由的環境，這是榎並董事長提出的方針，也是他所堅持的哲學。參加者什麼時候睡覺是當事人的隱私，所以我們不會進行不必要的監視。」

「所以呢？」

「我們只會調查『晚上十點到隔天上午八點』這十個小時。確認與報酬金額有關的

『參加人數』。除此以外，無論參加者是否在睡覺，我們都不會過問。」

也就是說，無法透過這個方法找出「凶手」。如果是這樣，難度就很高。因為除非在夢境的現場活逮，否則就無法證明凶手殺人。

「而且，如果這真的是他殺，就有幾個問題需要解決。」

「什麼意思？」

「首先，凶手是如何在『夢托邦』遇到滑川？不要忘記，只有在『晚上十點到隔天上午八點』的十個小時期間，才有辦法瞭解其他『造夢人』的行動，除此以外的時間，無法預測誰在什麼時候睡覺。」

「有沒有可能事先約好？」

「有這種可能。還有第二個問題，假設他們指定了時間在『夢托邦』見面，『凶手』要怎麼奪走對方的『自覺』？」

這是阻擋在眼前最大的障礙——恭平至今仍然會失去「自覺」，幾乎陷入錯亂，但只有在那次「巴士事故」時，才真正失去了判斷。之後，雖然曾經不確定，但很快就找到了「蝴蝶」，安然度過危機。因為開始「實驗」至今已經兩個多月，早就習慣成自然，成為基本動作。其他『造夢人』應該也一樣，正因為如此，只要「蝴蝶」在天空中飛舞，就不可能奪走別人的「自覺」，更不可能趁對方失去「自覺」的瞬間殺害對方。

「你認為這是他殺，當然是你的自由，你自認為是英雄，想要保護『夢托邦』也悉聽尊便，但是——」

嘆息聲傳入恭平的鼓膜。

「我已經說過好幾次，因為沒有證據，所以也不能排除偶發的可能性。」

「但是——」

「我們並沒有告訴其他『造夢人』，滑川已死這件事。你不需要天真地告訴其他人『有方法可以在夢中殺人』。拜託你，不要因為一己之私擾亂大局。」

蜂谷克制感情，沒有起伏的語調反而更有威力。

掛上電話後，恭平把手機丟到床上。雖然不明就裡的感覺仍然在內心翻騰，但偶發性殺人的假設具有說服力。比方說，之前在愛妮島時，奏音就曾經開槍打滑川——如果滑川當時失去「自覺」，他當場就死了。如果是這樣，蜂谷所說的「意外身亡」似乎也並非完全不可能。

他在沒有出口的迷宮中徘徊，天色又漸漸暗了下來。窗外是一片燃燒般的橘色天空，好像在嘲笑他。

這片橘色天空中，當然沒有「蝴蝶」飛舞。

7

計畫第六十七天。

滑川消失已經兩天了。在他消失的第一天早上，那個擬真影像女人這麼對他說。

——有一名成員因為私人因素「離開」了，請不必擔心。

——祝你有美好的一天。

夢公司方面的處理很及時，其他『造夢人』應該也收到了相同的訊息。不知道是否此舉奏了效，那天之後並沒有發生任何重大事件，也沒有人談論這個話題，所有人都無視『第二個人』這個訊息。只不過這種狀態能夠維持多久？隱藏在睡眠世界中的「殺人魔影子」的確確侵蝕了『造夢人』的精神狀態。最好的證明就是最近惡夢頻頻。雖然在睡前服用了「斐利特司」，但效果顯然變差了。由此可見，實驗對象的心理狀態很不穩定。

這一天，『夢托邦』難得出現一場盛會。

「好壯觀啊。」

坐在旁邊座位的皆笑抬頭看著上方，驚嘆地說。

天花板差不多有十五公尺高。天花板鑲了彩色玻璃，和支撐天花板的牆壁有一種莊嚴的感覺。這裡的所有建材都經過精挑細選，牆面有如站立起來的琴鍵般凹凸起伏，整個音樂廳呈現緩和的流線造型，應該都是為了打造出最佳的音響效果。

身帶彩虹的「蝴蝶」，在這個音樂廳內優雅地飛舞——。

——『造夢人』無法離開「蝴蝶」超過一百公尺。

果真如此的話，「她」一定目擊了犯罪現場，滑川應該也可以看到「她」。

但是，滑川仍然失去了「自覺」。

為什麼？只要「蝴蝶」在天空中飛舞，『造夢人』照理說不太會失去「自覺」，所以果然不是他殺嗎？

「我可以問你一個問題嗎？」皆笑轉頭看著他。

她的雙眸好像快把人吸進去，她的眼神好像能夠洞悉一切。恭平心慌意亂，感覺自己有點臉紅。

「什麼問題？」

「如果可以實現一個願望，你希望在『夢托邦』做什麼？」

「為什麼這麼問？」

恭平歪著頭感到納悶，她露出了微笑。

「因為這裡不是所有的願望都可以實現嗎？」

恭平在思考的同時，看向正前方的舞台。舞台中央有一架很大的平台鋼琴，接下來將舉行音樂會嗎？

——就是獨自霸占這個世界。這件事，我只偷偷告訴你。

——完全不必在意他人的眼光，那才是真正的「為所欲為」。

恭平回想起自己和已經死去的滑川在愛妮島時的對話，忍不住抖了一下。

他努力不去思考這件事。因為他覺得一旦這麼做，就會失去身為一個人的重要東西，他每次都克制了在內心抬頭的欲求。但是，如果可以實現一個願望——。

「我想彈一彈那架鋼琴。」

恭平甩開了不愉快的想像，故意這麼說。

「我是認真發問。」

皆笑嘟著嘴，似乎很不滿意他的回答。雖然她總是一副冷冷的樣子，但不時會露出很孩子氣的動作。

「皆笑，妳有什麼想要實現的夢想嗎？」

恭平反問，皆笑陷入了沉默。她用力抿著嘴唇，皺起眉頭，露出可怕的表情。恭平覺得這個問題並沒有這麼難。

「我想見我妹妹。」

「啊？」

「因為我有話想要告訴她。」

「什麼意思？」

這時，音樂廳內響起掌聲和喝彩聲，他們的聊天也就中斷了。恭平無奈之下，轉頭看向前方，和其他眾多觀眾一起鼓掌。

——我常常和妹妹一起玩，也經常想只屬於我們兩個人玩的遊戲。

——她比我小六歲。我們也一起捕捉昆蟲。

那一天在「櫻葉公園」，翔太、奏音和紅葉『創造』的女兒一起抓「蝴蝶」時，皆笑告訴恭平，她有一個「比她小六歲的妹妹」。當時恭平並沒有放在心上，但皆笑剛才說「因為我有話想要告訴她」，讓他感到有點奇怪。既然是這麼重要的話，當面告訴妹妹不是就解決了——。

舞台上出現了熟悉的身影——身穿燕尾服的男子。奏音在前方兩排的座位上喝倒彩。自從她看到滑川的「屍體」昏過去後，整天萎靡不振，完全失去了之前的活力，『夢托邦』久違的盛事也讓她稍微打起了精神。京子和**紅葉**也在她身旁鼓掌。

——要盯著那個叫紅葉的女人。

那句忠告到底是什麼意思？

不一會兒，便看到阿虻已經坐在鋼琴前。掌聲和喝彩聲的餘韻漸漸平靜，迎接了徹底的寂靜。阿虻的右腳輕輕踩在踏板上，典雅的皮鞋擦得錚亮。他的雙手輕輕放在琴鍵上，宛如仙女用羽衣輕撫岩石。恭平暫時忘記了在內心翻騰的許多疑問，屏氣凝神地等待那一刻。但是——。

演奏遲遲沒有開始。阿虻像石像般僵在那裡。

然後，他的身體開始微微顫抖，場內響起了竊竊私語聲。

「怎麼了？」

皆笑也站了起來，不安地看向舞台，但是，阿虻的痙攣變得更加嚴重。

「是不是該去看——」

恭平正準備點頭同意皆笑的提議。

隨著爆炸聲響起，舞台後方的牆壁被撞破，巨大的鐵塊衝進音樂廳。擋風玻璃碎裂，掉落的輪胎飛向觀眾席。那是高速巴士。計畫剛開始時，也曾經做了巴士發生車禍的夢，難道是巧合嗎？

「阿虻先生，快逃——」

恭平大叫到一半就無法再繼續叫下去。

因為巴士重心不穩，發生傾斜，連同鋼琴一起把阿虻壓在底下。不知道汽油是否漏了出來，周圍瞬間變成一片火海。

音樂廳內陷入一片混亂，尖叫聲和怒罵聲此起彼落，觀眾都紛紛遠離舞台。恭平牽著皆笑的手擔心她走失，然後衝向和人潮相反的方向。

「讓一下！請讓開！」

恭平終於來到舞台前，看到眼前的慘狀，完全說不出話。刺鼻的汽油味、看起來像是巴士乘客的無數遺體，以及——

「別擔心，我還活著。」

「但是，這個——」

巨大的鐵塊壓住了阿虻的左手——無論怎麼看，都無法認為鐵塊下的手還能夠維持原來的形狀。

「請等一下！」

恭平衝上舞台，彎下身體，把雙手伸進鐵塊下方，但是鐵塊太重了，根本抬不起來。皆笑、奏音、紅葉和京子也都紛紛趕到，一起加入，還是無法移開鐵塊。

「先不管這些，你可以讓開嗎？」

阿虻驚恐地瞪大了雙眼，嘴唇發抖。

「都這種時候了，你在說什麼？」

「我想親眼確認一下。」

恭平立刻察覺到，原來他快失去「自覺」了。阿虻臉色發白，雙眼通紅，不知道是口水還是泡沫從他嘴裡流了下來。恭平第一次看到阿虻如此狼狽的樣子。

「對不起！你可以看到嗎？」

可能因為自己剛才遮住了「她」的身影。恭平將身體移開，指著音樂廳的天花板說：

「就在那裡！」

阿虻的雙眼看到「她」之後，終於聚焦了。原本蒼白的臉頰恢復了紅潤，嘴角露出一絲微笑。總算擺脫了危機的狀況。

「謝謝你救了我。」

「不客氣。這輛巴士——」

阿虻伸出沒有被巴士壓住的右手制止他繼續說下去，終於重新聚焦的雙眼露出不尋常的熾熱，恭平忍不住被他所震懾。

「怎麼了？」

「**真的死了**。」

恭平感受到巨大的衝擊，好像被人用力毆打。恭平身後的幾個女人察覺了阿虻這句話的意思，都忍不住驚呼起來。

「你怎麼——」

「我打電話去他的公司。他在淺草開了一家房屋仲介公司，老闆姓滑川。我很快就查到了。」

「然後呢？」

「對方說現在沒空理我，就掛了電話。我覺得很奇怪，於是就去那家公司的門口察看，附近的鄰居剛好路過並告訴我，老闆在兩天前去世了。」

恭平忍不住心裡發毛。這個男人為什麼執著到這種程度。

「等一下，這是真的嗎？」

紅葉露出可怕的表情逼近阿虻。

「所以在夢中真的會死嗎？」

回頭一看，奏音好像發生貧血般癱倒在舞台上。京子撫摸著她的頭，臉上的表情也很可怕。旁邊的皆笑——。

「皆笑？」

她的視線飄忽，好像在追尋什麼肉眼無法看到的東西。

「妳怎麼了？」

即使叫她，她也完全沒有反應。仔細一看，發現她的身影開始模糊。

「救命！我在這裡！」

下一剎那，皆笑對著天空叫了起來。

「把我叫醒！求求你們！」

但是，皆笑原本即將消失的身體再度恢復了輪廓，她繼續留在舞台上。

面對眼前這種狀況，恭平能夠理解她想要趕快醒來的心情，但是，她到底在向誰求助？恭平只能站在原地，接著發現自己的身影開始搖晃。

這是怎麼回事？到底出了什麼問題？

「話說回來——」

下午的「櫻葉公園」一片祥和，讓人忍不住想要打呵欠。因為一年前發生的那起事件，這裡仍然幾乎沒什麼人。放眼望去，只看到一個男人坐在不遠處的長椅上。綠色山丘和設置在山丘周圍的長椅上，籠罩著一股恬淡而平靜的氣氛。

——祝你有美好的一天。

也許是因為醒來時的心情很鬱悶，所以擬真影像女人的機械式笑容看起來比平時更令人火大，但是午後柔和的陽光趕走了這份陰鬱。這種日子窩在昏暗的家裡很沒意思，也許出門散步可以順便散散心。雖然說「被陽光吸引出門」這種形容太矯情，但今天這種日子不必太計較。於是他像往常一樣來到了「櫻葉公園」——。

——沒有看到「蝴蝶」飛舞。

他不時確認這件事。這裡到底是夢境還是現實？如何才能辨別？在『夢托邦』，捏自己會痛，跑步也會喘，受傷時一樣會流血。既然這樣，乾脆自殺看看——。

恭平忍不住苦笑。如果自己真的死了，就代表這裡是真實世界嗎？他記得好像某部外國的文學作品還是電影有這樣的結局，但他忘記了。他移動視線，看到了那個垃圾桶。他試著在旁邊『創造』一個相同的垃圾桶，但垃圾桶沒有出現。

「當然啊。」

「當然什麼？」

恭平大吃一驚，看向身旁，發現剛才坐在不遠處長椅上的男人坐到了他旁邊。那個男人穿了一件深藍色風衣和一件合身的牛仔褲，整體感覺有點走在季節前面，但氣質出眾、沉穩的樣子和燕尾服的身影沒有太大的差別。

「終於見到你了。」

下巴上的鬍子看起來很清爽，恭平絕對見過眼前這個人。

「蝶蝶，我找了你很久。」

恭平覺得自己的腦袋終於出問題了，再度看向天空。

但是在晴朗的秋日天空中，並沒有找到「她」的身影。

8

恭平和他一起走進車站前的咖啡廳，但仍然搞不清楚眼前的狀況。他整體看起來比在『夢托邦』時疲憊，但眼前這個人絕對就是阿虻，而且還知道恭平在那個世界的名字「蝶蝶」。事到如今，不可能說眼前的這個男人只是長得很像阿虻的另一個人。

「我似乎嚇到你了。」

兩杯冰咖啡送上來後，阿虻開了口。

「對，而且這麼做違反了規定。」

「如果沒出事，我當然不可能這麼做。」

「你怎麼知道我在這裡？」

阿虻喝了一口咖啡，呵呵呵小聲笑了起來。

「你還記得我曾經對你說，『你最安全』這句話嗎？」

——因為我認為和你討論這件事最安全。

那是在翔太離奇失蹤後，恭平和奏音、皆笑兩個人一起在傍晚的校園內玩傳接球時發生的事。阿虻把他帶到校園的角落，一開口就對他說了這句話。

「那句話是什麼意思？」

「我認為隱藏在那個世界的『惡意』——應該並不是你。」

照理說，聽到別人說「你不是凶手」應該很高興，但第一個被排除時，就覺得代表別人看透了自己「沒什麼能耐」。

「為什麼你認為不是我？」

因為這個原因，恭平問話時的語氣有點不悅。

阿虻不知是否猜到了恭平內心的想法，露出了為難的笑容。

「你不要這麼神經過敏。」

「我並沒有——」

「很簡單，因為你曝露太多自己的個資了。」

恭平立刻知道為什麼會在「櫻葉公園」遇到阿虻了。

「你的全名、年紀，平時散步的公園，全都是你自己在『夢托邦』說出來的。雖然我不該偷聽，但我還知道你罹患了發作性嗜睡症和辭職的經過。因為我在巴士上，聽到你和奏音聊天的內容。」

恭平為自己缺乏警覺性而羞得滿臉通紅。雖然沒必要隱瞞這些事，但原來自己比任何人更赤裸裸地透露了自己的身分。雖然當時事出突然，但在第一天自我介紹時竟然說出本名，實在太不謹慎了。回想起來，目前還剩下的成員中，除了自己以外，只知道「田中皆笑」的全名。

「皆笑的名字也未必是真名，奏音和京子也一樣，只有你看起來沒有說謊。雖然沒什麼理論根據，只是我的直覺而已。」

阿虻蒐集了恭平的相關個資，在翔太失蹤後，他便不時來「櫻葉公園」監視，今天終於在真實生活中遇見了蝶野恭平。

「我需要戰友共同面對目前難以捉摸的現狀，但是必須謹慎挑選對象。回顧這兩個月，我最後得出的結論就是你最安全。」

「謝謝。」

「那我們進入正題——」

「請等一下。」

恭平想起一件事，打斷了阿虻。

「我還想問一個問題。」

「什麼問題？」

「是關於紅葉的事。」

——要盯著那個叫紅葉的女人。

昨天晚上，恭平突然想起了這個忠告。進入正題當然沒問題，但是恭平覺得在此之前，必須請他先說明曾經對自己說的話所代表的意義。

「你認為『惡意』是來自紅葉嗎？」

阿虻搖了搖頭，右手開始操作手機。

「比起聽我說明，你看一下這些內容更確實。」

阿虻遞過來的手機螢幕上，出現了「櫻葉公園」棄屍事件的相關報導。

事件發生在去年七月九日。一名家庭主婦帶狗到公園散步時，在垃圾桶內發現了一個塑膠袋，裡面裝了屍塊，成為這起事件的開端。那個公園當然就是「櫻葉公園」。相同的時間，東京都內各處的公園相繼發現了相同的塑膠袋，進行DNA鑑定後，發現那些屍塊都屬於同一人。警方從調查原本的「棄屍案」改為偵辦「殺人案」，在七月十一日成立了搜查總部。因為偵查不公開，並沒有對外公布在哪個公園發現了哪一部分的屍塊等偵查情況，但各大媒體連續多日，從白天到晚上都在報導這起離奇的殺人案。

「有什麼問題嗎？」

銀座高級酒店的媽媽桑，四十六歲的西村清美遭到了逮捕。她因為感情糾紛，殺了在酒店認識的男人，為了隱瞞真相，分屍後將屍塊丟棄。警方對沒有解剖知識的女人能夠獨自將屍體「分解」得如此徹底存疑，但遲遲沒有發現共犯。今年二月在眾所矚目下，東京地方法院做出了無罪判決。因為西村在犯案當時處於嚴重心神喪失狀態，檢方當然提出了上訴，但很快就遭到駁回。西村清美之後就消聲匿跡，目前仍然不知去向。聽說她被一名政界大老包養在別墅裡，那名政界大老也是西村的上賓，有人認為很可能對這次的無罪判決有某種程度的影響。

「太好笑了，最後的部分根本是臆測加臆測的三流八卦。」

「你沒有發現嗎？」

「你認為就是紅葉？」

紅葉的確有風塵味，而且感覺很像是在高級酒店上班。她看起來不像四十六歲，但因為在『夢托邦』可以擁有「理想的外表」，所以她的實際年齡可能差不多就是這個歲數。即使如此，認為她就是凶手的想法未免太扯了。

「這就是照片。」阿虻滑了一下螢幕，螢幕上出現了之前談話性節目所提供的西村清美的照片。第一張是遭到逮捕時的照片，頭髮凌亂，氣色也很差。光是看這張照片，誰都不會認為她是紅葉。問題在於另一張照片。

「是不是很像？」

照片中的女人身穿和服，同時配合和服把頭髮後梳盤起，臉上帶著好像洞悉一切、看透人生的笑容，的確很熟悉。

「光憑這張照片很難下定論。」

恭平勉強擠出這句話，阿虻應該也沒有十足的把握。無論長得再像，仍然無法完全排除兩個毫不相關的人長得很像的可能性。阿虻雖然聽了恭平的反駁，但仍再次問他：

「你沒有發現嗎？你再仔細看一下報導內容。」

「無論看幾次都一樣——」

「她怎麼知道丟在那個垃圾桶的是『右手臂』？」

恭平立刻想起了那天的談話內容。

——在都內的公園發現了被分屍的屍塊事件，當時新聞大肆報導。

——喔喔！原來是那起事件。帶著狗散步的家庭主婦，在垃圾桶內發現了被人丟棄的「右手臂」。

恭平那時才知道在「櫻葉公園」內發現的是「右手臂」。當時他以為自己錯過了那則新聞，所以才會不知道是哪個部分的屍塊，但其實原本就不可能知道。因為這是偵查中的機密事項，禁止媒體報導。

「西村清美真的是心神喪失嗎？我對這點也很懷疑。」

「什麼意思？」

恭平一臉茫然地愣住了，阿虻淡淡地繼續說下去。

「我懷疑她是裝病，也就是說，她偽裝在犯案時無責任能力。」

「怎麼可能？」

「雖然我不知道真正心神喪失的人在夢中會如何表現，但至少她在『夢托邦』的表現很正常，而且你不認為比起改變判決，捏造診斷結果比較容易嗎？」

恭平也同意這一點。因為即使重量級的政治人物再怎麼暗中動手腳，也很難改變判決，但是如阿虻所說，捏造判決的重要判斷材料之一就比較容易，而且也更現實。

「以上都只是我的臆測。」

阿虻說完後收起手機，用右手拿起咖啡杯。

「我想要表達的，並不是『惡意』來自於她，這是另一個問題，我們先暫時不討論。我想說的是關於所有成員的共同點。」

「你是說，除了服用『斐利特司』以外的共同點嗎？」

阿虻用力點了點頭，然後探出身體。

「我認為所有『造夢人』都有不同於尋常的『問題』。西村清美的心神喪失，你的發作性嗜睡症。絕對錯不了。」

——太好了，原來大家都一樣。

——應該說，正因為這樣，我才會問你那個問題。你和我散發出相同的氣味，所以我才想知道，你眼中的我是什麼樣子。

恭平的腦海中想起之前和奏音的談話內容，當時在她眼中發現了「折射光」——他在阿虻的眼中似乎也看到了相同的光。那是在真實生活中沒有容身之處的人的眼中，才會亮起的「扭曲的希望燈火」。

「阿虻先生，你也一樣嗎？」

恭平直盯著眼前的男人。雖然乍看之下，並不認為他哪裡有問題，但他也一樣嗎？

「你也有什麼問題嗎？」

阿虻似乎料到恭平會問這個問題，他開始緩緩脫下身上的風衣。

「我只告訴你一個人。」

他的動作有點笨拙。

「你可別被嚇到了。」

他極度費力地脫下風衣之後，出現的是——

恭平說不出話。

長袖襯衫的左側袖子很不自然地癟了下去，而且輕飄飄地搖晃著。

正確地說，是襯衫內沒有原本應該有的東西。

「我是鋼琴家。我自認為小有才華，但是……」

阿虻用右手撫摸著左肩。

「我遇到了車禍。為了活下去，只能截肢。」

常做的夢3

回過神時，發現自己坐在夜行巴士上。

——車上的燈即將熄滅。

這是我常做的夢，而且每次都從這一幕開始。

和那時候一樣，我坐在四排座靠窗的座位。車內前方的數位時鐘顯示剛過半夜十二點。所以——。

我急忙想要站起來，但繫了安全帶的身體無法動彈。

——馬上停車！

我聲嘶力竭地大叫。

——求求你，讓我下車。

巴士行駛在單側三個車道的高速公路上，前方是緩緩轉向右側的彎道，但巴士完全沒有轉彎，一個勁地加速向前衝。果然是這樣，所以這次也無法改變。我想像著即將出現的悽慘未來，用力閉上眼睛，等待那個瞬間——。

然後發現自己坐在鋼琴前。明亮的聚光燈，觀眾席鴉雀無聲。看向舞台旁，一個男人不停地做出指著手錶的動作。他應該是音樂會的主辦人。

那裡是隔天要表演的市民禮堂。禮堂並不大，音響設備也不完善，但在這裡演奏是我多年來的夢想和憧憬。

我把右腳放在踏板上，用力深呼吸。父母和女友坐在第一排，屏住呼吸看著我。這是我現在唯一能夠報答他們的事。

但是，當我把雙手放在琴鍵上的瞬間，我發現了一件事。

回頭一看，那個男人焦急地無聲動著嘴巴，似乎在問：「還不開始嗎？」但是，我當然沒辦法彈，因為我手邊沒有最重要的「生財工具」。

——你在找這個嗎？

一個身穿藍色手術衣，手術衣前方被鮮血染紅的眼鏡男，不知不覺中站在眼前。

我踹開椅子站了起來。

——還給我。

——那可不行。

——我叫你還給我！

男人把拿在手上的「左手臂」丟在舞台上，我頓時感到全身血液沸騰，聽到腦血管斷裂的聲音。這是我重要的手臂，不要這樣粗暴對待！

——竟然做這種泯滅人性的事！

我衝了過去，握緊右拳打向他的臉頰，接著又由下往上出拳，準備打碎他的下巴。然後一個勁地不停揮拳。

——我要殺了你！我要殺了你！

我用盡渾身的力氣持續毆打他，但好像完全無法奏效。不一會兒我就重心不穩，一屁股癱坐在舞台上。我怒不可遏，在眼眶中打轉的淚水模糊了視野。我看向觀眾席求助，但觀眾席上已經空無一人。

——救命。

但是，動也不動站在我面前的眼鏡男一臉悲哀地搖著頭。

這時，場內響起了鋼琴聲。

回頭一看，彈著鋼琴的人正是「自己」——唯一的不同，就是他雙臂健全。

自古以來，d小調經常用來表現悽慘的場景。這首使用d小調的古典名曲是莫札特的傑作之一，樂曲的名字是——

——他才是真正的我！我是冒牌貨！

優美中帶著哀傷的旋律。

《安魂曲》就像壞掉的音樂盒般持續響個不停。

第三章　倖存者和主謀

1

「我知道了啦，」

恭平對著電話不耐煩地說。

「那就改天再聊。」

恭平逃避般地掛上電話，直接把手機塞進了口袋。

「你媽？」在一旁聽他講電話的蜂谷露出同情的眼神。

「是啊。」

「她很擔心你嗎？」

「她擔心我一直沒工作。」

他把剛買的新幹線車票舉到眼前。

「反正就是讓她覺得很沒面子。」

——你目前還不打算找工作吧？

母親戰戰兢兢地問，恭平用沒有起伏的聲音「嗯」了一聲。類似的對話不知道已經發生了多少次，母親明明說打電話來是「因為想聽聽你的聲音」，但每次恭平這麼回答，電話的另一端就會傳來失望的嘆息聲。到頭來，父母擔心的並不是恭平生病，甚至可能在內心深處認定「怎麼可能有這種病？」

──即使你生了病，即使你辭去了工作，我仍然愛你。

和唯一接受自己目前狀態的人之間，關係仍然很僵。

──皆笑是誰？

──你剛才說夢話時提到的，那個人對你這麼重要嗎？

昨晚十二點過了五分鐘後，斷了音訊多日的彩花終於打電話來，回覆恭平在十二點整傳給她的「生日快樂」訊息。

『謝謝你。上次我不該對你生氣，對不起。』

他們繼續聊了一會兒，恭平得知她今天請了特休打算去北方，而且還知道她打算搭上午八點四十八分從東京車站出發的「山彥」新幹線。深夜兩點半過後，恭平告訴蜂谷這個消息，二十分鐘前，他們在東北新幹線的驗票閘口碰面。恭平昨晚只睡了四個多小時，所以「參加天數」恐怕會減少一天，但這也是無可奈何的事。

「要隨時注意看清楚她在哪一站下車。」

他們兩個人站在自由座的排隊隊伍中，和彩花之間隔了大約十組乘客。為了以防萬一，恭平戴了毛線帽、墨鏡和口罩，一看就是可疑人物。

月台上的廣播響起，車門打開，他們和其他乘客一起上了車，坐在和她隔了十排的後方座位上。

「你今天沒睡飽吧？」

蜂谷把在車站買的便當蟹肉飯放在座位的桌板上說。

「你趕快睡一下。」

不需要蜂谷提醒，恭平也打算這麼做，但是他想先花一些時間釐清最近發生的一連串狀況。因為實在發生太多事了。他當然想起了前天下午，在車站前的咖啡廳的談話內容。

——你上網查一下，可以查到很多資料。

恭平用手機查了一下，找到好幾筆出現那個名字的資料。

虻川光隆，三十四歲。鋼琴家。以十五歲的年紀，便在知名鋼琴比賽中得獎。高中一年級時就被評為「具有卓越的表現能力和完美的技術」，因而一夜成名。他從東京藝術大學研究所畢業後，前往美國茱莉亞音樂學院深造，深造期間也在各種比賽中獲得了輝煌的成績，成為前途無量的年輕鋼琴家。回國後活躍於獨奏和協奏等各種表演舞台，每天都忙得不可開交。

但是——。

——當我醒過來時，發現自己躺在醫院的病床上。

四年前的冬天，一切都發生了改變。

行程安排上的些微疏失，導致他走向不同的命運。

——因為出了點差錯，沒有買到新幹線的票，不得已之下，只能搭夜行巴士。

他臨時決定搭夜行巴士回故鄉進行凱旋公演，沒想到巴士在和緩的彎道沒有轉彎，用力撞上了隔音牆。巴士衝破隔音牆墜落斜坡，包含司機在內的四十五人中，有十八人死亡，倖存者也幾乎都受了輕重傷。雖然是因為司機在開車時打瞌睡造成了這場慘劇，但在之後的調查中發現，司機因為長期處於違法過勞的工作環境才造成了這起事故。在野黨在國會追究政府不重視安全，放鬆相關政策的規定，這起事件也撼動了日本整個社會。

——但是，這種事根本不重要。

雖然知道有人在這起事故中失去了生命，自己則是九死一生，應該心存感謝。

——只不過我還不夠成熟，無法這麼想。

他在左手臂遭截肢後才醒來。醒來之後，他從早到晚都大聲哭喊，叫到喉嚨都快要滲血了。如果順利買到新幹線的票，如果不是坐在那個座位，如果公演的日程更充裕——但是，什麼都沒有改變，也不可能有任何改變。「左手臂截肢」這個現實淡淡地呈現在他的面前。他持續拒絕接受這個現實，最後發生了奇怪的事。

——左手前端不時感到疼痛。

幻肢痛，或者稱為肢幻覺痛。這是指已經被截掉的肢體感到疼痛的難治性疼痛，很多不得不截肢的人都會有這種經驗，目前並沒有決定性的治療方法。

——我無法相信，這種疼痛竟然是「幻覺」。

他在差不多相同的時間開始深受惡夢折磨。他曾經多次想要一死了之，但是，有一個理由讓他最後還是沒有走上絕路。

——我希望可以再彈一次鋼琴。

他知道那是再也無法實現的夢想，內心越是渴望，絕望就越深。但是，他無論如何都忘不了指尖放鬆，琴鍵按下後回彈的感覺，還有腳從踏板上移開之後，琴音的餘韻，以及思緒隨著樂曲緩緩融入世界。

正因為這樣，在被徵詢是否願意參加『夢境計畫』時，他沒有絲毫的猶豫。所有夢想都可以實現的世界，可以成為理想中的自己的地方。在眼前被無情地打破、被迫放棄的夢想，或許能夠以不同的方式實現。

——所以，無論如何都不能再次被奪走。

這就是他對滑川的事如此執著的原因。在絕望的深淵好不容易得到的另一個現實，那是他最後的希望。正因為這樣，如果有人想要奪走這個世界，他絕對無法原諒。

——但是，說起來很諷刺。

他和滑川一樣，很早就發現『夢托邦』的奧祕。只要在他人清醒的時候，只有自己入睡，就可以打造「完美的桃花源」——他曾經多次造訪那裡，想要用自己『創造』的鋼琴表演。

——但是，我很害怕。一旦想到如果在這裡也無法彈琴，內心就害怕不已。

他每次坐在鋼琴前都會心生恐懼，至今放在琴鍵上的雙手都不曾動過。

——你應該記得我那次在音樂廳裡失控吧？

——在只有『臨演』的世界也沒有勇氣彈琴的人，怎麼可能在你們面前演奏？

他露出不知所措的笑容，恭平不知道該對他說什麼。

——至今我仍清楚記得「實驗」第一天的事。

阿虻在脫下的風衣口袋裡摸索著，拿出一本筆記本。

——我去教室後，看到皆笑和翔太在那裡，無論怎麼看，都是另一個現實。我簡直興奮死了。

那本筆記本是他的「夢境日記」——他每次醒來，都會盡可能鉅細靡遺地記下那天晚上所發生的事。他這麼做並沒有特別的理由，只是想要記錄那份感動和興奮，記錄什麼時候、在哪裡、和誰一起做了什麼。正因為他做了紀錄，所以很早就發現「人數有問題」。

——因為只要計算出現的人物，馬上就發現了。

也許這本「夢境日記」能夠成為王牌。雖然「凶手」若無其事地每晚都出現在『夢托邦』，但不可能沒有留下任何證據。

不知道阿虻是否事先拿去影印了，他緩緩交給恭平一疊紙。

——蝶蝶，希望你也看一下。

他們互留了電話，然後就道別了。

——我會找機會和你聯絡。

阿虻交給他的「夢境日記」影本就放在腳邊的背包中。因為這趟出門時間不短，也許可以用來打發時間，但是——。

真的可以相信阿虻嗎？

從各種情況研判，他不像是「敵人」，但也不能完全相信他。

「先來小睡一下。」

恭平把椅子放平，幸好後面沒有坐人。

2

「你又回來了。」

恭平坐在長椅上，京子坐在他旁邊，嘆著氣笑著說。她的白髮仍然梳得很整齊，身上也和平時一樣穿著和服，但她的聲音帶著一絲遺憾。

在新幹線上睡著的恭平來到『夢托邦』，發現只有京子在那裡。其他人應該都清醒了，她在「只屬於自己的世界」做了什麼——。

「我想試試看，上次紙上寫的內容到底是不是真的。」

恭平抖了一下，抬頭看向身後的那棵樹。粗壯的樹幹延伸出放射狀的樹枝，其中一根樹枝上掛著打結成環狀的繩子。就在剛才，京子正打算用繩子套住自己的脖子，然後踢開腳下的長椅時，恭平撲向了她。

「因為我想死了算了。」

她流下大滴的淚水，恭平只能默默握住她的手。

她罹患了胰臟癌。由於胰臟癌惡化的速度非常快，很難早期發現，發現時幾乎都是已經無法動手術的「第四期」末期狀態。五年存活率只有百分之幾而已。三年前，京子發現自己罹患了這種「不治之症」。

「我接受了化療和重粒子治療，試了各種治療方法，但是——」

病情仍然持續惡化，上腹部和背部的劇痛完全沒有緩和跡象。雖然周圍的人沒有人輕言放棄，但她比任何人更清楚，自己已經來日不多了。

「差不多就在這個時候，他們來問我要不要參加這個計畫。」

所有夢想都可以實現的世界，可以成為理想中的自己的地方，能夠擺脫真實生活中精神和肉體痛苦的桃花源。她毫不猶豫地答應了。

「我立刻愛上了這個世界，你應該也一樣吧？」

她曾經穿著和服，跳進那片祖母綠的海洋中，也曾經坐在飛空的機車後座，和外星人發生激烈槍戰。她在這裡擁有健康的身體，還有一起歡笑的戰友。漸漸地，她每天都很期待睡覺。

「但是，這個世界終究是虛構的。無論我在這裡多麼活力十足，多麼享受自由，都無法改變夢醒之後的真實世界。」

睡醒之後的失望也與日俱增。正因為恭平深刻瞭解這種感覺，所以只能不置可否地附和。這個世界到底是真還是假，每個人有不同的認識，他也無意在這裡爭論這個問題。

——但是，不是很希望能夠相信這裡是真的嗎？

這句話已經到了嘴邊，但他用力吞了下去，只是更用力握住京子的手。

「所以，我想試試看。反正我在真實生活中沒有勇氣去死，既然這樣，也許在這個世界——」

身體好像被撕裂般的劇痛未必是治療造成的，那是無法繼續給兒子、媳婦增加負擔的「沉重壓力」，和不忍心繼續讓心愛的孫子對祖母痛苦的樣子留下深刻印象的「吶喊」。

「上次聽你說了之後，我就拜託兒子和媳婦，要他們在孫子下次生日時，買最新款的射擊遊戲給他。」

——京子，妳應該很適合玩射擊遊戲。

——我想到孫子生日時，要送他什麼禮物了。

但是，她應該等不到「下一次生日」。無法在孫子用力撕開包裝紙，雙眼發亮地打開盒子時撫摸他的頭，這成為她永遠都圓不了的夢。

「妳孫子幾歲了？」

「目前是小學二年級的學生，他說他的夢想是成為足球選手。」

「一定可以的。」

面對突然露出獠牙撲來的現實，這種不負責任的鼓勵根本沒有任何價值。明知如此，仍然只能說這種安慰的話，這只會讓自己變得悽慘而已。想必是因為這裡是『夢托邦』，所以明知道這樣，卻仍然很自然地說出這句話。

「你認為知道自己的死期很可怕嗎？」

京子問了意想不到的問題。她的眼神銳利，帶著明確的意志，和她平時的溫柔感覺相去甚遠——恭平有點不知所措地回答說：

「應該很可怕。」

「那你知道每年車禍造成多少人死亡嗎？」

恭平猜不透她的意圖，只能歪頭表示納悶。

「大約三千五百人。」

這些人當中應該沒有人預料到「自己會發生車禍死亡」，但是，的確有人此時此刻正常過日子，明天卻因為車禍喪生。那個人做夢都不會想到自己會遇到這種事，甚至可能還來不及向心愛的人表達感謝，或是無法為之前的事後悔、向朋友道歉，就這樣離開了人世。

「和這些人相比，我有時間面對死亡，反而應該感謝。這不是我在逞強，而是發自內心這麼認為。」

對時時刻刻逼近的死亡感到害怕的時間，也同時是把所有的愛留給別人的時間。她說，從這個意義上來說，她已經沒有任何遺憾，所以聽了阿虻前幾天晚上說的話，她下定了決心。

——真的死了。

還有那張紙上寫的『即使在夢中，人也會死』這句話——沒錯，在這個世界的確有方法可以死。她意識到這件事，於是就在其他『造夢人』清醒的時間，試著睡回籠覺。如果

『夢托邦』只有自己一個人，就不會有人干涉。在她打算上吊自殺時，恭平剛好也進入這個世界。

「對不起。」

恭平也不知道自己為何道歉。是為阻止她自殺？還是因為讓她說出了無法改變的現實？抑或是其實自己知道如何才能尋死，卻沒有說出來？

「你不需要道歉。」

「但是——」

「你不必在意我，但要好好保護那個女生。」

恭平立刻想起了昨晚的『夢托邦』。計畫第六十九天，舞台是在某個寧靜的湖畔。遠方是看起來像阿爾卑斯山的山峰，所以八成是歐洲的山區。

這片足以洗滌心靈的絕景當前，卻發生了一場慘劇。

——不要過來！

奏音雙眼通紅地舉著槍，慢慢往棧橋的方向後退。

——住手！不要殺我！

即使其他人一再勸她不要激動，她卻完全不聽勸。她相信殺害滑川的「凶手」就在剩下的參加者之中，陷入了錯亂狀態。我不想死，我不想死。她唸唸有詞，露出警戒的眼神看向四周，她的手指當然放在扳機上。

——妳是乖孩子，先把槍放下。

紅葉好像在哄哭鬧的孩子般走向她。別擔心，沒有人會傷害——。

湖畔響起了槍聲。一群天鵝被巨大槍聲嚇到，同時飛了起來。紅葉的肩膀流了大量的鮮血——但她絲毫沒有害怕，直直走向奏音。

——妳不要得寸進尺！

紅葉拿出一把刀長有三十公分的殺魚刀，刺進了奏音的胸口。

——要不要我把妳大卸八塊？

恭平立刻和阿虻交換了眼神。紅葉的這句話當然無法成為證據，很可能因為原本想要關心對方，結果反而挨了一槍感到怒不可遏，然而，他們已經無法不把紅葉和那起事件產生連結。

——不要過來，不要過……

奏音看著刀尖，嘴唇顫抖著，她舉著槍，雙腿癱軟。她眼神渙散，喉嚨痙攣而無法發出聲音。她的肩膀顫抖，好像發生了呼吸困難。紅葉仍然用殺魚刀指著她，整張臉醜惡地扭曲著，平時雲淡風輕的態度消失得無影無蹤。

這時，最糟糕的劇本閃過了恭平的腦海。

如果紅葉現在把殺魚刀刺向奏音。

——奏音！

恭平大聲叫了起來。他打算接著要奏音「看上面」，但他還沒有說出口，奏音自己想起了這件事。如今，這已經成為所有『造夢人』在『夢托邦』的習慣動作。當奏音抬起頭時，臉上恢復了平靜的表情。

——蝶蝶，你和她同一國嗎？

紅葉沒想到有人出面干涉，皺起了眉頭。

——太可惜了，虧我原本很欣賞你。

她的刀尖改變了方向，當然是對著恭平。她和恭平之間有五公尺的距離，而且恭平仍然保有「自覺」，即使遭到攻擊也不會死，不過凡事小心至上。恭平的手上立刻出現了一把手槍。

——大家都放下武器。

阿虻擋在他們之間勸阻道。

——不好意思，全都怪我說了滑川的事。

因為前天發生了異常狀況，所以不小心說了這件事，但是冷靜思考之後，就覺得認為滑川的死和紙上寫的內容有關太牽強了，應該是有人惡作劇，剛好和現實的狀況一致。阿虻一次又一次重複了這番話，雖然這番話明顯並非出自他的真心，但的確是因為他提了那件事，導致奏音陷入恐慌，引發了眼前的狀況。他可能覺得必須為此負責。

——你們冷靜想一下。

阿虻擠出了假笑，聳了聳肩。

——因為人怎麼可能在夢中死去？

「之後的情況怎麼樣？」

恭平在那之後就醒了，所以並不知道結局。

「沒怎麼樣，只是奏音恐怕以後不會再加入我們了。紅葉應該也是，只不過她從一開始就獨來獨往。」

『夢托邦』在翔太失蹤後就開始崩塌，不久後發生的滑川命案應該也是事先安排好的，目的在於慢慢侵蝕『造夢人』的精神，讓恐懼深植每個人的內心，這次的內部分裂應該也是「凶手」的計畫。雖然乍看之下這種手法只會激發目標的警戒，並非智舉，但在『夢托邦』這裡，情況就未必如此。因為當感受到超越想像的驚訝、恐懼和不安時，便會很容易解除「清醒夢」的狀態，就好像今天早上奏音差一點失去「自覺」那樣，而且如果瞄準這個瞬間就能夠輕而易舉地——。

恭平忍不住東張西望，看到了綠色的草皮和後方白色外牆的病房。病房的其中一個窗戶，呈現的就是京子的真實生活嗎？

——所有『造夢人』都有不同於尋常的「問題」。

果真如此的話，恭平更不瞭解「凶手」的意圖了。因為「凶手」本人也抱著某種希望和夢想參加這次的「實驗」，但為什麼要做出這種殺人的行為？

「咦？」

聽到驚呼聲，恭平被拉回了現實，他發現自己的身影開始模糊。也許是因為新幹線搖晃的關係，想必自己睡得很淺。

「怎麼了？」

「你看那個。」順著京子手指的方向看去，發現有一張紙飄然落下。

「不可能！這是怎麼回事？」

但是，不用懷疑。恭平的雙腳已經消失，無法站起來，但幸好還能夠說話。他用盡全身的力氣大叫著：

「讓我看上面寫了什麼！」

京子撿起了飄落在長椅前的「那張紙」，出示在恭平面前。上面寫著——

恭平立刻『創造』了手槍，然後把手指放在扳機上。

如果「凶手」聽到了他們的談話，顯然就在極近的距離。回頭一看，掛著繩子的樹木後方是一片樹林。剛才也有那片樹林嗎？恭平不記得了，但如果「凶手」也在場，一定就是躲在那裡。恭平把槍口一轉，瞄準了目標。

「京子，快逃！」

不，這樣不行，有一件更重要的事能夠救她。

「無論發生任何事，都要緊盯著『蝴蝶』——」

恭平指著在灰色天空中飛舞的「她」。他的心臟像警鐘般劇烈跳動，胸口發悶。

下一個瞬間——。

「你還好嗎？」恭平和探頭看著他的蜂谷對上了眼，「你剛才一直在做惡夢。」

新幹線的車速漸漸放慢，車內廣播播報了即將停靠的站名。

「有人在那裡！」

「什麼？」

「京子很危險！」

3

恭平之後好幾次試著繼續睡覺，但這種時候往往難以入睡，在新幹線抵達新花卷車站，跟著彩花下車之前，他完全沒有睡著。

「竟然來了這麼遠的地方。」

蜂谷站在月台上，冷得忍不住搓著雙手說。站在他身旁的恭平坐立難安。他看到那張紙上寫著『我很樂意如妳所願殺了妳』——然後，『夢托邦』就只剩下京子和「凶手」兩個人。

「你不必擔心，我並沒有接到緊急通知。」

他們接著坐上了只有兩節車廂的區間車。彩花坐在長椅座位的右端，恭平和蜂谷就坐在另一端，當然是蜂谷坐在靠近彩花的那一側。

「緊急通知？」

「如果晶片斷線的話，所有人都會馬上收到通知，這意味著那個叫京子的人目前還活著。」

不一會兒，列車彷彿鞭策著年邁的身體般緩緩啟動，車輪發出了擠壓的聲音，感覺像是在呢喃「已經回不去了」，但是，即使會發生了什麼不妙的狀況，恭平此時此刻也只能看著窗外灰色的天空和街道。

列車又搖晃了將近一個半小時，已經快下午兩點了。

他把剛才為了打發時間拿出來看的阿虻的「夢境日記」影本放進背包，輕輕戳了戳蜂谷的側腹。

「快醒醒，已經到了。」

「喔，轉眼之間就到了。」

「你一直都在睡覺，還真敢說。」

幸好彩花完全沒有對周圍產生絲毫的警戒。這也是理所當然的事，因為她做夢也沒有想到竟然有人有這種閒工夫，從東京一路跟蹤她來到這種地方。

「話說回來，這裡還真不是普通的鄉下地方。」

這個名為「松濱」的車站——的確是超級鄉下的地方，車站前雖然有一個公車總站，但後方的商店街全都拉下了鐵門，街上冷冷清清，難以想像這是白天的景象。空氣中帶著海水的味道，是因為附近有海嗎？走出驗票閘口，看到寫著「歡迎來到松濱」的牌子，牌子上畫了像是魚的吉祥物，但因為牌子生鏽了，所以看不清是什麼。恭平覺得很受不了，忍不住拿出手機拍了照。

「她似乎不打算搭公車。」

蜂谷說的沒錯，彩花沒有看地圖，邁著堅定的腳步走在街上。她對這裡很熟悉嗎？她穿越商店街，在大馬路上走了十分鐘，前方出現一棟老舊的三層樓建築物。拱門狀的屋頂很漂亮，正面玄關掛著「松濱町立圖書館」的牌子。

「看起來不像是和外遇對象約會的地方。」

「我也有同感。」

走進自動門，彩花目不斜視地走向接待櫃檯，不知道和身材微胖的女性圖書館員說了什麼。

圖書館員有點為難地看著半空片刻，然後走向後方。恭平和蜂谷決定兵分兩路。恭平背對著櫃檯，站在町內活動布告欄前，假裝漫無目的地物色適當的活動，這時身後傳來女人說話的聲音。

「找到了，是不是這一本？」

他假裝看著布告欄，豎起了耳朵。

「謝謝。」

他悄悄看向身後，發現彩花在長桌子前坐了下來，開始翻閱一本很厚的書。恭平立刻拿起一本免費的資訊雜誌，坐在不遠處的座位上。抬頭一看，發現蜂谷也隨手拿了一本書，坐在和彩花隔了兩個座位的地方。

彩花從前面開始迅速翻閱，看起來並不像在看書上的內容，但很認真地在找什麼。恭平的手機收到了『你的女朋友速讀超厲害』的訊息，但恭平沒有理會。

這時彩花倒吸一口氣，同時停下了翻閱的手。她目不轉睛地看著什麼，但很快就從書裡拿起一張像是信紙的東西。

——那是什麼？

令人匪夷所思的行為並沒有結束。彩花把神祕的信紙放進皮包，拿出一個淡藍色的信封——夾進書裡之後，就起身把書還給了圖書館員。

手機收到了訊息。

『你去確認那本書。』

彩花快步離開圖書館，蜂谷追了上去。恭平目送他們的背影離開後，緩緩走向櫃檯。

「不好意思。」

圖書館員拿著「那本書」轉過頭，皺起了眉頭。恭平自認並沒有說什麼不得體的話，但很快就想起自己一身「看起來就很可疑」的打扮。他忍著苦笑，拿下了口罩和墨鏡，指著圖書館員手上拿的書。

「我也想看這本書。」

「啊？這本嗎？」

「不行嗎？」

有一個男人說「也想看」年輕女人在前一刻剛還的書——雖然的確有點奇怪，但並不是不法行為。圖書館員可能也有同樣的想法，她轉過身後，不情不願地在櫃檯內把書遞給了恭平。恭平道謝後接了過來，立刻坐在座位上。為了安全起見，還特地背對著櫃檯的方向。

那本書很舊，看起來像是古書。莊嚴的皮革封面已經磨損，書頁也有很多黃斑和汙漬。在許多英文字母中，不時夾雜著陌生的符號。這是德文嗎？恭平完全看不懂內容，但是對平時向來不看書的彩花來說，這本書絕對是「離她最遙遠的世界的書」，正因為這樣，所以一定有非這本書不可的理由。

——找到了。

他要找的東西夾在封底內側。只是一個很普通的信封。因為信封很仔細地封好，所以恭平有點不敢打開。

手機發出了嗡嗡聲響，再次震動起來。

『我在回車站的路上，你那裡的狀況如何？』

恭平瞥了一眼出現在螢幕上方的通知，用力吞了一口口水。

信封上寫著『Kanata收』。那絕對是人名。恭平猶豫片刻，把信封塞進自己的口袋。他知道這是很卑劣的行為，但事到如今，他已經無法克制自我。

「謝謝妳。」他回到櫃檯，把書還給了剛才的女人。

恭平正打算離去，沒想到圖書館員叫住了他。

「嗯？」

「請問這本書最近很紅嗎？」

恭平甚至不知道這本書的內容，所以無法回答這個問題。圖書館員似乎發現了恭平的困惑，聳了聳肩，好像表示「不好意思，自己太多管閒事了」。

「因為你已經是第三個人了。」

「第三個人？妳是說借這本書的人嗎？」

「因為這本舊書放在書庫內，幾乎不會拿出來，短時間有這麼多人借這本書，讓我覺得有點奇怪，而且第一個人也是在前幾天借閱。」

如果她說的話屬實，的確很奇怪。

「不好意思，我想問一個蠢問題。」

恭平走回櫃檯，指著圖書館員手上的書問：

「請問這是什麼書？」

原本以為圖書館員會嘲笑他，連這本書是什麼書都不知道，就說什麼「我也想看這本書」，沒想到她興奮地告訴他：

「這是佛洛伊德的《夢的解析》──是原文書。因為是很久以前的版本，所以很珍貴，搞不好可以用高價賣給收藏家。」

恭平也知道這本書名。那是奧地利心理學家西格蒙德．佛洛伊德的代表作，他提出夢是隱藏「真正的自己」的地方。

「原來是這樣，但最近並沒有很紅。」

手機再次震動起來。蜂谷傳來催促的訊息『下一班車只剩十分鐘就要開了』。因為是兩個小時才有一班的區間車，所以絕對不能趕不上這班車，但是恭平無論如何都還想確認一件事。

「我想也是。」

「請問如果妳還記得，是否可以請妳告訴我，第一個人是什麼樣的人？」

「什麼意思？」

「就是年紀、外形，或是看起來的感覺。」

「嗯……」圖書館員看著天花板想了一下，然後聳了聳肩說：

「照理說，不能隨便透露這種事。我記得是一個女生，差不多二十多歲。」

——二十多歲的女生。

「一頭黑髮，看起來很不起眼……對了對了，我想起來了，她當時要求筆談。」

「筆談？」

「我起初以為她失聰，但似乎並不是……」

「真奇怪。」

「的確很奇怪，她從頭到尾都沒有說一句話。」

「謝謝妳。」恭平鞠躬後，轉身離開了圖書館。

疑問完全沒有找到答案，反而多了一個疑問。

彩花為什麼在生日當天，特地跑來這麼遠的圖書館？為什麼要特地借佛洛伊德的《夢的解析》？夾在書裡的信紙，和彩花夾進書裡的信封又代表什麼意義？最令人不解的是，幾天之前指名要借這本書的人是誰？

——完全搞不懂是怎麼回事。

為了安全起見，他抬頭看向天空，灰色的陰沉天空中沒有「蝴蝶」的身影。

4

『——翔太活力充沛，皆笑則是相反，有一種陰鬱的感覺。雖然她的服裝是很普通的高中女生，但隨身物品都是上一個時代的東西，特別有意思。傳統手機還不是太大的問題，現在應該只能在博物館找到ＭＤ隨身聽這種東西了。她喜歡懷舊的東西嗎？雖然我倒是不討厭這種感覺。最先出現的是兩個年輕人，在我之後出現的是氣質出眾的老婦人京子。她說自己七十八歲，但精神矍鑠，完全看不出她的實際年齡。接著出現的是奏音，她好像自我介紹說是演奏的奏，音樂的音，她還說自己「名不副實」，不知道是什麼意思。幾乎和奏音同時出現，名叫紅葉（花名？）的女人感覺很可疑，我好像在哪裡見過她。是在電視上看過嗎？要找時間調查一下。我原本有點著急，以為只有兩個男人，幸好蝶蝶很快就出現了。他自我介紹說自己名叫蝶野恭平，八成是真名。他毫不猶豫地透露自己的真實身分，有點太大意了。最後出現的人叫滑川哲郎，自稱是淺草一家房屋仲介公司的老闆，從他很愛現的態度來看，應該也是真名。連續兩個人都說出自己的真名，簡直瘋了。無論如何，接下來九十天的時間都會和這些成員一起度過，雖然有不安，但目前有更多期待。這裡的真實感超乎想像，令人難以置信，即使現在睡醒之後，也覺得那是一場夢。雖然的確是夢。』

恭平從頭開始看阿虻的「夢境日記」打發時間，卻完全無法專心，腦海中浮現的當然就是剛才那名圖書館員說的話。

——因為你已經是第三個人了。

——我記得是一個女生，差不多二十多歲。

他在最後一刻跳上了開往市區的區間車，眼角看到了坐在另一端的彩花。電車出發已經過了三十分鐘，彩花一直注視著手上的信紙，令人感到心裡發毛。

「那是什麼？」

蜂谷看著「夢境日記」的影本問。

「沒什麼。」

如果蜂谷看了，很可能會知道恭平在真實世界和其他『造夢人』接觸，於是他匆匆塞進了背包。

「我問你——」

目前蜂谷尚未接到緊急通知，這意味著京子的晶片仍然正常運作。這或許是目前充滿疑問的現狀中唯一的救贖。

「事已至此，請你直截了當告訴我。」

他決定單刀直入發問。

「你認為剛才出現在我和京子面前的那張紙，上面的內容是什麼意思？」
「我要說多少次，你才會明白？那只是惡作劇。」
「但是——」
「而且，也可能是那個叫京子的人自導自演。」
「怎麼可能有這種事！」
雖然恭平這麼說，但的確無法完全排除這種可能性。目前只知道沒有任何線索——也就是無計可施。
「你不打開那封信嗎？」
蜂谷低頭看著手機螢幕，改變了話題。雖然他說話的語氣故作平靜，但顯然很好奇。
「還是有點不敢打開。」
「這樣啊，所以你在最後關頭找回了良心。」
恭平無視蜂谷的玩笑，思考著收件人「Kanata」到底是誰。他不知道那個人的年紀、性別，以及和彩花之間的關係，但是對彩花來說，是有時候比男朋友更重要的人——從目前的狀況來看，彩花最初拿到的那張信紙，一定就是「Kanata」給她的信，感覺像是使用奇特形式溝通的筆友或是交換日記，但在有電子郵件和電話的這個時代，為什麼要用書作為媒介？
接下來一段時間，恭平和蜂谷都陷入了沉默。無人的平交道、沒有路燈的道路。車窗外單調的風景一成不變，恭平將視線移回車內，看到吊環隨著轟隆隆的震動同時搖晃。列車進入了隧道，他和對面車窗玻璃上的自己四目相對。

「我問你一件事，」

蜂谷先開了口。

「你當時到底為什麼決定放棄游泳？」

意想不到的問題讓恭平不知所措，他露出求助的眼神看向車窗玻璃上的自己，只看到車窗中的自己也投來求助的眼神。

「幹嘛還提這種陳年往事？」

「正因為是陳年往事，所以才想知道啊。」

列車駛出了隧道。

那天在河岸的場景出現在車窗外。

——你是認真的嗎？

——對啊，當然。

——為什麼？

恭平至今仍然沒有找到蜂谷當時問的問題的答案。

「那一天，我罵你是『膽小鬼』。」

「有這回事？」

「對不起。」

意想不到的道歉讓恭平忍不住看著蜂谷。蜂谷仍然看著正前方，完全沒有轉頭看他。

「我一直對這件事耿耿於懷，之後有好幾次都夢到。」

這番話觸動了恭平內心深處的某些東西，他的眼眶有點發熱。

「你在說什麼啊。」

恭平自認用輕鬆的語氣說了這句話，但八成並沒有成功。自己和當年一樣不長進，但不知道為什麼，他太愛這一刻了。

「『只有持續追求夢想的人，才能夠實現夢想』，你有沒有聽說過這句話？」

「我好像聽過類似的話。」

「這句話並沒有說錯，但必須有一個大前提。」

蜂谷隔著車窗，凝望著遠方。

「這個前提就是必須『正視現實』──當時的我缺乏這樣的勇氣。」

「並不是這樣──」

「但是，你接受了現實。你腳踏實地面對了現實，你絕對不是『膽小鬼』。我想說的是──」

蜂谷一口氣說到這裡，靦腆地抓了抓鼻尖。

「你想說什麼？」

「我們還是平分秋色。」

──我是很擅長蹬牆漂浮的「蹬牆漂蜂」。

——蜂當然就是蜜蜂。這樣我們就平分秋色了。

蜂谷以跟蹤為由，提議兩個人一起出門旅行，或許就是為了對恭平說這些話。雖然沒有根據，但恭平有這樣的感覺。那一天，他們的夢想在河岸旁畫上了句點，無法再繼續追求這個夢想，即使如此，仍然必須繼續前進。因為他們日前面對了這樣的現實。

「是我的勝利平分給你一半。」

「早知道就不該向你道歉。」

兩個人互看了一眼，露出了今天最燦爛的笑容。

「今天的小旅行只有去了圖書館十分鐘。」

蜂谷打著呵欠，看他的表情，明顯覺得白跑了一趟。光是回程就要四個多小時，車內廣播傳出「下一站東京車站」的提醒時，已經晚上七點了。

「今天晚上應該可以睡得很熟。」

恭平把椅背調正的同時，伸了一個懶腰。

「那真是太好了。」

「不知道在『夢托邦』的停留時間是不是也會增加。」

「說到停留時間，我想起來了，我有沒有向你提過在『夢托邦』時的體感時間？」

「沒有啊。」

「原來是這樣，」蜂谷興趣缺缺地嘀咕了一句後，豎起兩根手指說：

「差不多是現實的兩倍速。也就是說，如果你睡了五個小時，在『那裡』就是十個小時。」

「是這樣啊。」

「這完全是一種革命。」

不一會兒，新幹線停了下來，車門靜靜地打開。他們拖著疲憊的身體走下車，決定跟蹤彩花到最後。

「不知道『夢托邦』有朝一日，是否能夠成為大家眼中理所當然的事。」

「第一支智慧型手機是二〇〇八年在日本上市的，短短十二年之間，我們的生活方式就發生了巨大的變化，現在根本想不起沒有智慧型手機的時代吧？我們公司的目標，當然就是——」

這時，蜂谷發現了什麼。

「喂，你看那裡。」

恭平順著他手指的方向看去，看到彩花走出了東北新幹線的驗票閘口，站在東海道新幹線的售票機前。

「咦？為什麼？」

雖然恭平這麼問，但他們當然不知道其中的原因。

「不好意思，你女朋友太奇怪了。」

他們只能愣在原地，看著彩花走進驗票閘口。

「真的很奇怪。」

「怎麼辦？我們要繼續跟蹤嗎？」

蜂谷在說話的同時，從褲子口袋裡拿出手機。

「不好意思，有電話。」

「公司打來的？」

「對啊，不知道是什麼事。」

他接起電話後，臉色越來越蒼白。

「喂？」

「我知道了，我馬上趕過去。」

蜂谷準備快步離開，恭平立刻抓住了他的手臂。

「等一下，先告訴我是什麼狀況！」

恭平很希望自己猜錯了。不，絕對是其他事。他這麼告訴自己，抓著蜂谷手臂的手不禁加大力道。臉色蒼白的蜂谷試圖甩開他的手，但可能立刻意識到是白費力氣，於是無力地垂下肩膀。

「第二個人。」

恭平覺得視野在搖晃。

「你在騙我吧？」

「內村京子，七十八歲，剛才在醫院的病床上停止了呼吸。死因應該是睡眠時發生心肌梗塞。」

5

「你不需要這麼自責。」

恭平與阿虻和上次一樣來到車站前的咖啡廳，面對面坐在相同的座位。和平時無異的週日午後，距離去東北的「奇特旅行」已經過了兩天。

「但是，如果我事先告訴大家——」

「你認為不說比較好的判斷很正確。」

兩天前，在計畫的第七十天，那天晚上果然有人在『夢托邦』內『創造』了京子的遺體，幸好和翔太、滑川時不同，京子的遺體只是躺在一張簡易床上。枕邊放了一張寫著『第三個人』的紙——這也和上次一樣。凶手事先在夢中殺了京子，然後『創造』了「屍體」和寫著「第〇個人」的紙。

恭平陷入強烈的自責。在從蜂谷口中得知之後，是否應該告訴所有人？如此一來，是否就可以救滑川和京子一命？

——大家可以過來一下嗎？

恭平注視著京子安詳的臉，在不知不覺中脫口說道。也許是因為他的神色太凝重，幾乎快變成一盤散沙的『造夢人』難得聚集一堂。

——我有事必須告訴你們，因為我不希望再有人死去。

恭平終於對大家說出了蜂谷嚴厲叮嚀他不可以說出去的「殺人條件」。必須具備明確的殺機和失去「自覺」，然後意識到自己將遭到殺害。其他人在聽他說明時，完全都沒有開口。即使會被其他人罵，為什麼之前隱瞞不說也沒關係；即使有人譴責，既然他知道「殺人條件」，他一定就是凶手也沒關係。因為在場的所有人都知道，即使這麼做也無濟於事。既然這樣，目前最重要的事就是思考對策，避免出現下一個犧牲者——事情就是如此簡單。

——但是無法確定京子真的死了。

紅葉抱著雙臂，問及了重點。沒錯，除了恭平以外，沒有人知道這件事，沒有人知道她在真實世界中真的死了。

——不，她真的死了。

恭平激動之下，說出了和蜂谷之間的關係。

事到如今，沒有理由說謊，也沒必要隱瞞。

——所以，我再說一次。

那是在最後關頭，來不及告訴京子的話。

——無論發生任何狀況，都絕對不要迷失「蝴蝶」。

然後，他就醒了過來。

等待他的是十月三日，星期六的早晨。他無法擺脫鬱悶的心情，也無法釐清自己未盡的責任。但是這天中午過後，他和彩花約了在銀座見面，當然是為了替彩花補慶生，這種時候不可能整天悶悶不樂。

——謝謝你今天的安排。

彩花出現在約定地點時，和平時很不一樣，看起來格外高興。雖然為她慶生，她當然會感到高興，但恭平覺得有點奇怪。

——妳昨天去了哪裡？

恭平不經意地問，沒想到她很乾脆地回答「松濱」。只不過接著問她「去那裡幹什麼？」她就顧左右而言他，也隱瞞了回到東京後，又立刻搭上往西的新幹線。

恭平把疑問深藏在內心，那天晚上，他們在一家所費不貲的法國餐廳吃了晚餐。不知道是否因為在燈光調暗後，送上蛋糕的老套驚喜發揮了作用，她似乎已經不再為恭平在說夢話時叫了「皆笑」這個名字生氣，但這次輪到恭平對她產生了不信任感。

——哇，我之前就很想要這個。

她當然不知道恭平內心的想法，打開禮物包裝後露出滿面笑容。恭平也直覺地認為她的這種反應和平時不太一樣。不知道是否該說有點心神不寧，總之，她給人一種坐立難安的感覺。

——妳怎麼了？

恭平忍不住問，彩花只是歪著頭。

——嗯？什麼怎麼了？

——感覺妳今天和平時不太一樣。

——這是因為今年有很多驚喜。

阿虻為恭平宛如狂風巨浪般的週末畫上了句點。

——我想瞭解一下詳細的情況。

恭平答應了阿虻的要求，決定約在上次的那家咖啡廳見面。

「我不否認，如果你說了或許可以救他們一命，但是沒有任何人知道，在那個時候，那是不是最理想的解決方法。」

「雖然你說的沒錯。」

「『凶手』知道殺人的條件，不過你是在出現第二個犧牲者之後，才確信這件事。滑川遇害時，不能排除在偶然的情況下遭到殺害的可能性，既然這樣，當時說出這件事就並非上策。因為你一旦說了，『凶手』就可能知道，只要條件齊全就可以殺人。」

阿虻說的沒錯，在滑川死的時候，還無法斷定「敵人」知道殺人的條件。如同蜂谷所說，不能排除是在剛好滿足兩個條件的情況下，偶發性地殺人。如果是這樣，一旦「凶手」知道了殺人的條件，反而更加危險。但是，如今京子也遭到殺害，如果仍然認為是偶發性殺人，未免有些過度樂觀。更何況事先已經收到寫著『我很樂意如妳所願殺了妳』的紙。嚴格說起來，凶手這次是按照自己的預告動手殺了人。

「京子真的希望別人殺她嗎？」

在夢中死亡，必須具備「別人有明確的殺機」這個條件——也就是說，不可能自殺，所以京子的的確確是「被人殺害」。但這不正是對現實感到絕望的她所希望的嗎？

「這個問題，只能抓到『凶手』之後，再問『凶手』本人了。」
阿虻喝了一口咖啡，眼中燃燒著鬥志。
「有必要抓住『凶手』嗎？」
阿虻聽了恭平軟弱的發言，忍不住皺起眉頭。
「為什麼？」
「因為——」
因為自己揭露了祕密，如今『造夢人』都知道了保護自己的方法。即使有人帶有殺機，也無法繼續胡作非為。既然這樣，不需要節外生枝，就這樣撐到最後一天也不失為一種方法。
「這是自尊心的問題。」
「啊？」
「我們的戰友遭到殺害，不能就這樣善罷甘休，更何況——」
阿虻緩緩靠在椅背上。
「目前無法確定是否有其他殺人的方法，為了安全起見，必須趕快找出『凶手』。」
「嗯，那倒是。」
——我絕對會找出「凶手」。
恭平想起在滑川死後，他曾經對蜂谷誇下海口，沒想到事到臨頭，自己竟然畏縮了。自己太窩囊，太沒出息了——沒錯，這果然就是「現實」。

恭平清了清嗓子，重新調整了心情。既然要繼續追查「敵人」的真實身分，現在就不能畏縮。

「你認為誰是『凶手』？」

阿虻仰頭看向天花板，右手中指敲著桌子。這是他在思考時的習慣。

「關於這個問題，目前還不得而知。」

阿虻字斟句酌，靜靜地表達自己的看法。

「但我認為『凶手』能夠有意識地創造出解除『清醒夢』的狀況。」

「用什麼方法？」

「只要讓對方感受到超乎想像的驚訝、恐懼和不安就行了。尤其我們這些『造夢人』現在對身分不明的殺人魔感到恐慌，心理狀態原本就不穩定，只要稍微加把勁，搞不好很輕易就能夠做到。」

關鍵當然就在於『創造』——只要運用這種能力，便能輕而易舉地把眼前的『造夢人』推向恐懼的深淵。比方說，現在只要用『創造』的刀子攻擊奏音，就可以馬上讓她失去「自覺」。

「也許是這樣。」

「只是不知道要如何持續這種狀態超過十秒。」

最後還是回到這個問題上。

「比方說，移動到看不到『蝴蝶』的遠處之類呢？」

「不，這不可能。」

因為『造夢人』無法離開「蝴蝶」超過一百公尺。恭平把之前蜂谷向他說明的情況一字不漏地重複了一次。

「我覺得你最好不要把自己的祕密告訴這個姓蜂谷的朋友……」

阿虻稍微放鬆了臉頰的肌肉。

「但是你剛才說的話很有意思。」

恭平從口袋裡拿出一張便條紙。

「之前我整理了目前所知道的情況。」

正確地說，他是在和蜂谷通電話時整理的，之後又補充了幾項內容，然後就隨時帶在身上，以備不時之需。

1. 關於在夢托邦出現的事物

①『造夢人』本人　※一旦死亡就會消失（不會留下屍體）

②『造夢人』潛意識的投影　※和『臨演』一樣

③『造夢人』所『創造』的事物

2. 關於「蝴蝶」的規則

①無法消除也無法殺死「蝴蝶」

②無法離開「蝴蝶」超過一百公尺

3. 關於「殺人」的規則

①必須失去「自覺」

②（在①的前提下）意識到「自己會被殺」超過一定時間（十秒？）

③（在①②的前提下）被具有殺機的『造夢人』殺害

「如此看來，有關『蝴蝶』的規則會導致各種障礙。」

「最現實的方法就是剛好被什麼東西遮住，以至於無法用肉眼看到嗎？」

「我也想到了這個可能性，在這種情況下，就真的只能靠運氣了。當然，也不能排除故意把對方逼到死角的位置這種可能性，但我個人認為，從『凶手』至今為止的手法看來，似乎會使用更萬無一失的方法。」

至今為止的手法——指的是從翔太失蹤開始的一連串事件，恭平也認為不像是臨時起意犯案。

「但是蝶蝶，其實我最關心的是另一件事。」

「啊？」

這是怎麼回事？恭平無法想像還有什麼比目前討論的事情更匪夷所思的事。

「這是最根本性的疑問。」

「是什麼？」

「你知道如果在夢境中死亡，在現實中也會死去這個都市傳說嗎？」

恭平立刻想起來。

——如果在夢境中死亡，在現實中也會死去。你有沒有聽說過這個都市傳說？

之前蜂谷在向他說明時，他腦海中曾經閃過一些念頭。當時覺得有哪裡不對勁，現在他憑直覺確信，阿虻的疑問和自己當時的「念頭」相同。

「我知道。」

「無論怎麼想都覺得這個都市傳說很奇怪。」

「奇怪？」

「既然是在睡著的狀態下死去，誰能夠證明那個人的夢境內容？」

「啊！」恭平忍不住叫出了聲音。

阿虻點了點頭，好像在說「看來你也發現了」。

「似乎有必要向那個姓蜂谷的人當面問清楚。」

「這樣違反規定。」

蜂谷來到咖啡廳，瞥了一眼「陌生的男人」，聲音中帶著怒氣。

「你告訴他多少事？」

「全部。」

蜂谷咂了一下嘴，然後坐了下來。

「你就是蜂谷嗎？」

加點的冰咖啡送上來後，阿虻開了口。

「對，你是？」

「我是虻川光隆，也是『造夢人』。」

蜂谷點頭打招呼時，瞥了一眼阿虻長袖襯衫的「左手臂」。

「你在看這個嗎？」

「呃，沒有。」

「因為發生車禍，所以就截肢了。」

阿虻在自我介紹的同時，說出了自己壯烈的前半生——雖然語氣很平淡，但背後隱藏著對自己命運的「憤怒」，並不是恭平所能夠想像的。

「所以，你們想問我什麼事？」

聊到一個段落後，蜂谷戰戰兢兢地問。

「首先是關於滑川和京子，是否可以請你在可能的範圍內，告訴我們這兩人死亡時的狀況？」

這是極機密中的極機密情報——照理說，不可能會輕易透露，但蜂谷可能發現既然恭平他們都已經知道了，不可能繼續隱瞞，於是無奈地點了點頭。

「好，首先是滑川哲郎的狀況。」

滑川的死亡時間是九月二十七日晚上八點四十五分，死因是睡眠時發生急性心肌梗塞，排除他殺的可能性。蜂谷說明的內容和恭平之前聽說的差不多。

阿虻看起來有點失望，蜂谷聳了聳肩，語帶辯解地說：

「光是調查到這些情況就費了九牛二虎之力。因為表面上，我們和滑川沒有任何關係，這是極機密計畫所衍生的弊病。」

蜂谷又接著說明了京子，也就是內村京子的情況。她在十月二日晚上七點零五分因為睡眠時發生急性心肌梗塞導致死亡，和滑川一樣。

「但是，她留下了遺書。」

遺書上寫了她對家人滿滿的愛——她寫下遺書的時間點太完美，簡直就像知道自己的死期，醫護人員和家屬都感到驚訝不已。

「果然是這樣啊。」

京子的情況可以認定是「囑託殺人」。她想要長眠，於是主動前往殺人魔所在的『夢托邦』。

「不知道滑川的情況如何。」

阿虻右手摸著下巴，抬起了頭。

「他也是因為有什麼理由，所以才會去『夢托邦』嗎？」

「如果『凶手』不是衝動犯案，可以認為他們約好時間在『夢托邦』見面，否則很難預測別人什麼時候睡覺。」

蜂谷重複了之前對恭平的說明。他在這個問題上的看法應該正確。果真如此的話，凶手到底用什麼理由約滑川見面？

「如果是這樣，就代表『凶手』之前就對滑川抱著明確的殺機。因為『凶手』是為了殺人，才約滑川見面。」

阿虻露出試探的眼神問：

「誰能夠因此得到好處？」

雖然最先想到奏音，但也許是因為愛妮島的印象太深刻的關係，而且從目前所掌握的情況研判，「凶手」應該知道只要具備一定的條件，在夢中「殺人」便能和真實生活產生連結。如果是這樣，得知滑川在真實生活中死了的消息，會陷入那種失控的狀態嗎？雖然無法排除她只是在演戲的可能性，不過在湖畔失去「自覺」的樣子，未免太逼真了。

「不知道。」

「我也有同感。」

之後，他們三個人繼續絞盡腦汁，卻完全想不到誰是凶手。阿虻可能認為這樣無法解決問題，終於進入了正題。

「蜂谷先生，今天請你在百忙之中抽空前來，其實是想問你其他的問題。」

「其他的問題？」

正準備靠向椅背的蜂谷停了下來。

「有關都市傳說的矛盾。」

蜂谷聽不懂這句話的意思，阿虻把臉湊到他面前說：

「你不是說過，『只要滿足一定的條件，就會在夢中死去』嗎？」

「對。」

「你們怎麼知道這件事？」

蜂谷抬頭看向天花板，好像表示自己「上當了」。

「我認為第三者不可能知道在睡眠中死去的人，『臨死之前做了什麼夢』。」

太郎聽說了「第○間廁所有幽靈出沒」這個傳聞，於是去確認，結果幽靈從馬桶中伸出手，把他抓走了。更可怕的是，從此之後就沒有人再見到他——這個都市傳說和這個故事的矛盾之處很像。既然之後沒有人再見過太郎，怎麼會知道他是被從馬桶伸出的那隻手抓走的呢？

「既然你們已經想到這種程度，那我也只能據實以告了。」

蜂谷無奈地開了口。

「因為知道當時情況的人都被下了嚴格的封口令，所以我也只是聽說而已。」

阿虻沒有吭氣，示意他繼續說下去。蜂谷坐直身體，似乎終於下定了決心。

「兩年前，我們公司曾經發生過一個晚上死了四名員工的事。」

「你說什麼？」

「那四個人在公司內都是出了名的優秀人才，他們之間有共同點，於是被拔擢參加了公司的極機密計畫。」
「該不會？」
「那個計畫俗稱『幽靈計畫』——雖然大家都知道有這個計畫，但這是在檯面上並不存在的另一個實驗。他們每天晚上都生活在一起，結果因為一件意想不到的事，進入了戰鬥狀態。」
恭平倒吸了一口氣，他只想到一種可能性。
「更直截了當地說，就是他們『相互殘殺』。他們無法區分夢境和現實，在瘋狂和混亂中相互傷害，於是我們汲取了當時的教訓，引進了『夢境計畫』。」
三個人都看著咖啡廳的天花板，那裡當然找不到「她」的身影，但蜂谷想要表達的意思很明確。因為有這個前例，所以他們知道即使在夢中，人也會死，為了避免這種情況，他們引進了「蝴蝶」系統。
「我猜想當時的實驗有倖存者？」
阿虻問，蜂谷點了點頭說：
「只有一個人，但我不知道是誰。」
阿虻突然轉頭看向恭平。
「我覺得解開了一個謎團。」
「什麼意思？」
「在計畫的第一天，不僅有一個虛構的人物混了進來，還有一個神祕凶手，這個凶手知道照理說，任何人都不可能知道的殺人條件——」

恭平終於瞭解了阿虻想要表達的意思。

「當時的倖存者，似乎也混入了『夢境計畫』？」

6

回過神時，發現自己站在海邊的工業區。高聳的鋼筋吊臂、一片冷冰冰的倉庫。海水帶著腥味，感覺並不太舒服。抬頭一看，「蝴蝶」在灰色的天空中飛舞。自己似乎並沒有比約定的時間遲到太久。

——我問你。

昨天，在蜂谷離開座位去上廁所時，阿虻對他說。

——我之前一直想試一試，只是遲遲下不了決心。

——如今，我和你在真實生活中也有了交集，我認為值得一試。

——那我們就下午兩點在『夢托邦』集合？

阿虻提議兩個人在那個時間同時入睡，驗證關於『創造』和「蝴蝶」的各種規則——雖然恭平想到這個提議也可能是陷阱，但他認為自己有防衛手段，所以判斷「沒有危險」。即使阿虻是「凶手」，只要自己隨時看著「蝴蝶」就可以避免危險。

「我在等你。」阿虻從倉庫後方走了出來，「那我們就開始吧。」

「你提前到了。」

「現在的年輕人都不知道和人相約，要提早五分鐘到嗎？」

「我還不習慣和人約好時間睡覺。」

「這個哏很好笑。」

「但是，要怎麼驗證？」

這時，另一個阿虻從剛才阿虻出現的倉庫後方走了出來。

「咦？」

「不好意思，『實驗』已經開始了。」

恭平眼前有兩張「相同的臉」。

「我試著『創造』了我自己。」

「真是不敢恭維。」

「但我也因此知道了一些事。首先——」

「請等一下。」恭平面對兩個阿虻，打斷了他的話。

「怎麼了？」

「沒有人能夠保證你是『本尊』。」

在『夢托邦』隨時都存在這個「根源性的問題」——也就是根本無法分辨出現在眼前的人物是『造夢人』，還是被『創造』出來的冒牌貨。

「原來如此，看來你不容小覷啊。」

第二個阿虻調皮地聳了聳肩，但他的眼睛並沒有笑。

「不過，你的著眼點很不錯，應該保持這種警覺心。」

聽到這種稱讚，當然不可能不高興，但仍然不知道該如何證明。恭平認為阿虻也一籌莫展——。

「老實說，當場的確很難證明，但可以追溯證明。」

阿虻想到的方法令恭平嘆為觀止。

「我們可以在夢中告訴對方某個暗號，可以是數字，也可以是密碼。清醒之後，在真實世界再次告訴對方，自己在夢境中告訴對方的內容。如此一來，不就可以證明自己曾經在夢中了嗎？」

阿虻說的沒錯，如果在真實生活中，對方也知道在夢境中的對話，就可以證明是本尊。這的確是在真實生活中曾經接觸過才能產生的副產物——恭平理解之後，把自己的「生日」告訴了阿虻，阿虻則告訴恭平自己「喜歡的樂曲」。

「但是因為太容易混淆，所以請你戴上這個。」

恭平『創造』了一塊寫著「分身」的號碼布，交給了先出現的阿虻。「分身」覺得太醜了，面露難色，但最後還是勉為其難地答應了。

「好，終於進入正題了。你剛才說已經知道了幾件事，然後就被我打斷了？」

恭平對著沒有戴號碼布的阿虻用力點了點頭。

「先說第一件事。」

關於被『創造』出來的人會如何行動。

「被『創造』出來的人完全行動自如，也許你親眼看一下比較好。你可以對他說話，在你們對話期間，我不會做出任何指示。」

恭平在阿虻的要求下，面對戴上號碼布的「分身」。他猶豫了一下，問了自己內心最大的疑問。

「所以你認為『凶手』是誰？」

「我們今天約在這裡見面，不就是為了調查這件事嗎？」

「分身」露出無奈的笑容——如果不知道阿虻和恭平今天在這裡有什麼計畫，不可能做出這樣的回答，但「分身」竟然輕鬆地回答。八成是自然反映了『創造』出「分身」的『造夢人』所瞭解的前提。

站在一旁的「本尊」滿意地點著頭。

「是不是很厲害？這是某種自主行動，你繼續對他說話。」

恭平不瞭解阿虻的意圖，但還是按照他的指示再次面對「分身」。

「阿虻是『凶手』吧？」

「開什麼玩笑！」

「分身」再次毫不猶豫地回答，恭平完全看不出和剛才有什麼不同。

「這樣的對話可以證明什麼？」

「旁人可能無法察覺。」

阿虻「本尊」可能察覺到恭平的困惑，聳了聳肩說：

「我剛才在腦袋裡向他發出指示，要求他說『開什麼玩笑！』」

也就是說，『創造』出人類的本尊，可以讓「分身」根據不同的狀況採取不同的行動。有時候可以不理會「分身」，讓他自主行動，也可以讓他一字一句按照自己的意思說話。由此可以得出什麼結論？

「兇手可以讓翔太說出自己難以啟齒的事。」

——哥哥，請你也簡單介紹一下自己。

——如果你下次再違反「紳士協議」，我就要向公司報告。

——我們要保護地球！

恭平回想起翔太說過的那些話，但無法判斷是他在自主行動過程中說的話，還是「兇手」別有用心地讓他說這些話。即使有辦法判斷，也無法從中瞭解什麼新的事實。恭平很坦誠地說出了自己的想法，阿虻馬上同意了他的意見。

「這個問題暫時先這樣。除此以外，我還想試好幾件事。」

阿虻說完這句話就重設了「分身」，然後他的手上抱著一隻小狗。看起來好像是約克夏，梳得漂亮又整齊的毛是以黑色為底色，身上混了褐色和銀色的毛束。

「去玩吧。」

阿虻把小狗放在地上，小狗蹦蹦跳跳地跑了三公尺左右停了下來，一對圓眼睛看著他們。看到小狗可愛的樣子，恭平似乎有點瞭解奏音為什麼深愛她的刺蝟了。

「蝶蝶，現在請你開槍打死這隻小狗。」

「你說什麼？」

阿虻說出意想不到的提議，讓恭平忍不住驚叫起來。

「廢話少說，你開槍打牠。」

「這也太可憐了。」

「你非開槍打牠不可。」

因為阿虻很堅持，恭平只能不甘不願地『創造』了手槍，把槍口對準小狗。咿咿。小狗的雙眼看了過來——明知道牠是假的，放在扳機上的手指卻遲遲無法用力。

「如果你再慢吞吞，搞不好我會開槍打你。」

「好啦。」

「既然這樣，就不要拖拖拉拉——」

砰。槍聲響起。手臂感受到沉重的衝擊力，同時聞到了淡淡的硝煙味。子彈絕對打中了目標。

但是，他發現小狗正在嗅聞地面，好像什麼事都沒發生。恭平仔細打量著自己手上的手槍，忍不住皺起眉頭。

「太有意思了。」阿虻摸著下巴，仰頭看著陰鬱的天空。

「我『創造』的是一隻『子彈也打不死的狗』——也就是說，即使是不符合常識的條件也沒問題，『造夢人』的意志最優先。」

恭平終於知道阿虻要求他扣下扳機的理由了。也就是說，恭平以為那只是一隻「普通的小狗」，但其實那是在真實生活中不可能存在，擁有「子彈打不死」這種特性的「不死狗」——在這種情況下，後者更有優勢。雖然無法瞭解知道這件事有何用途，恭平也不認為這對找出「凶手」有任何幫助。

「蝶蝶，經過剛才的實驗，我確信你不是『凶手』。」

「為什麼？」

「你甚至不敢開槍打小狗，根本不可能殺人。」

人類真是太不可思議了。

「那可未必。」

「是嗎？那我會提高警覺。」

最後，他們決定進行與「蝴蝶」相關的實驗。

「首先我最好奇的，就是真的無法消除或殺死『蝴蝶』嗎？」

阿虻的背上出現了外星人入侵時，翔太曾經使用的火箭推進器。

「等一下。」

阿虻飛上天空，手上出現了一把火焰噴射器。原來如此，他打算實際試試看。果然不出所料，火焰噴射器噴出了火焰。真實的蝴蝶遇到這麼強大的火力，馬上就翹辮子了，但過了一會兒，「她」仍然在火焰中悠然飛舞。

阿虻之後又試了各種武器，但全都無法發揮作用。沒辦法消除或殺死「蝴蝶」似乎是真的。

「真傷腦筋，『她』竟然毫髮無傷，根本是無敵。」

「我認為無法在『蝴蝶』身上動手腳。」

阿虻聽了恭平的意見，立刻點了點頭。

「果真如此的話，那就只能把『造夢人』逼去死角嗎？」

「嗯，比方說——」也許可以矇住『造夢人』的眼睛。姑且不論對方是否會聽從指示，可以用眼罩或是其他東西讓對方看不見。如此一來，至少就看不到「蝴蝶」，隨著時間慢慢過去，是否會增加解除「清醒夢」狀態的可能性？

「雖然你的想法很有趣，但在這種情況之下，當事人不就無法意識到自己『會死』嗎？」

「什麼意思？」

「蜂谷不是說，即使從遠處狙擊或是從背後偷襲割喉，都無法得逞嗎？」

「那倒是。」恭平只能低吟。雖然讓當事人看不見可以奪走「自覺」，但在之後殺害時就會出現問題，也就是說，無法讓對方意識到「有人要殺我」。

不，除此以外，還有其他問題。不難想像，用這種方法解除「清醒夢」狀態需要相當長的時間，而且要為對方戴上眼罩也並非容易的事。因為對方不可能聽從這麼危險的指示，一旦使用強迫手段，對方當然會抵抗。而且即使成功讓對方戴上了眼罩，也只能等「畫筆變乾」。

他們繼續討論了奪走「自覺」的方法，但並沒有想出理想的答案。雖然想到可以『創造』某種建築之類的東西遮住「她」的身影，但是進入奪走對方「自覺」的階段，反而會加強對方意識到是在夢中的認識，所以這種『創造』並不理想。

「啊，糟了。」

恭平發現阿虻的身影開始變得模糊。阿虻意識到自己所剩的時間不多，手上出現了捲成一團的繩子。

「最後試一下這個。」

「這是什麼？」

「這是一百公尺的繩子。」

原來是這樣。

「你抓住這一端。」

阿虻抓住繩子的另一端後，兩個人都飛向天空。恭平也模方翔太和阿虻剛才的樣子，讓自己背上了火箭推進器。

「蝶蝶，你在這裡和『她』一起盤旋。」

「蝴蝶」在眼前悠然飛舞，阿虻拿著繩子越飛越遠。阿虻顯然想要驗證關於「她」的規則——「無法離開超過一百公尺」。如果這個規則屬實，就意味著『造夢人』無法離開以「蝴蝶」為中心、半徑一百公尺的假想球體，一旦到達那個界線就會無法動彈。

不出所料，阿虻很快停了下來。

但是——。

——難道是心理作用？

恭平覺得繩子並沒有繃緊。他看向旁邊，發現「蝴蝶」毫不在意地飛來飛去——飄浮在將近一百公尺之外的阿虻可能也發現了這件事，低頭打量著繩子。是出了差錯，還是在誤差的範圍內？繩子是否真的有一百公尺？一旦開始懷疑就沒有止境。

「這是——」恭平原本想問「這是怎麼回事？」但話還沒有說完，阿虻的身影就消失了。他可能醒了。低頭一看，幾秒之前還握在手上的繩子也一起消失了。這意味著當『造夢人』醒過來後，在夢境中『創造』的事物也會一起消失。既然這樣——。

他感到忐忑不安。有一種已經無法稱為預感的具體感覺浮上心頭。

在這個前提下重新思考，有些事顯然「有問題」——。

恭平倏地坐了起來。他揉著惺忪的睡眼拿起了手機，手機收到阿虻傳來的一則訊息。訊息的內容當然就是阿虻剛才在『夢托邦』時說的同一首樂曲，恭平輸入自己的生日回覆訊息，同時努力回想。

——剛才的預感到底是什麼？

但是，即使他在「睡鄉深處」撈了半天，也完全沒有找到任何碎屑。

7

回過神時，他發現自己站在大樓屋頂上，眺望著腳下的世界。街頭到處是硝煙和粉塵，警笛聲好像在進行多重奏，還有怒罵聲和慘叫聲。抬頭一看，巨大的滿月占據了一半的夜空，可能正在向地球墜落，幾乎可以清楚看見月球上的每一個隕石坑。

「這就是所謂的世界末日。」

站在身旁的皆笑幽幽地說。計畫第七十七天，今天晚上的舞台是反烏托邦的綜合體。

「但是，響起警笛聲不是很奇怪嗎？都已經是世界末日了，警察也該放個假。」

「是啊，就徹底摧毀啊。」

皆笑說完，「噗哧」一聲笑了起來。

「感覺好懷念。」

根據阿虻的「夢境日記」，在計畫第六十天時外星人入侵。距離那天已經過了十七天。有人會覺得已經過了十七天，也有人覺得才十七天而已，至少這一個星期以來，『夢托邦』找回了平靜。

「蝶蝶，多虧你告訴了大家。」

唯一的改變，就是誰都不願離開「蝴蝶」的庇護。奏音仍然遠離所有人，抱著雙膝，整天抬頭看著「她」，今天晚上也一直抱著膝蓋，坐在屋頂角落。紅葉在相反的角落倚靠著欄杆，抬頭看向上方。阿虻坐在破爛的長椅上，像往常一樣抱著雙臂，陷入了沉思。也就是說，所有人都待在可以馬上確認到「她」的位置，完全不打算離開。

「對了，蝶蝶，如果明天就是世界末日，你會和誰在一起？」

皆笑看著末日世界，小聲地嘀咕問道。

「啊？」

「如果醒來之後，發現真實世界和眼前的狀況相同，你會做什麼？」

雖然不知道她問這個問題的意圖，但恭平立刻浮現了一個想法。

——我想和妳見面。

所有夢想都可以實現的世界，可以成為理想中的自己的地方。每次回想起在這裡的日子，都會想起她的身影。毅然的樣子、眼神冷漠的清澈雙眼，和賭氣鼓起的臉頰；凝望著遠方，喃喃說著「人生不如意事，十常八九」時的側臉；看到戰友努力捕捉「蝴蝶」時，綻放無憂無慮的笑容，還有不時露出的那種微笑。隨著時間的流逝，慢慢而確實地在恭平的內心深處萌芽——他用力吞下已經湧到喉嚨的話，抬頭看著巨大的滿月。

「要和誰在一起呢？」

「咦？我以為你會說彩花。」

「嗯，那倒是。」

「對了，她的生日怎麼樣？」

恭平並不想隱瞞，於是就簡單扼要地說明了那天的情況。搭電車去單程將近五個小時的鄉下地方「松濱」，然後在圖書館發生的一連串狀況，以及彩花剛回到東京就馬上搭東海道新幹線離開的奇特行為。

「你沒有送她禮物嗎？」

「送了啊，在生日的隔天送的。」

「你送了什麼？」

「不告訴妳。」

「哼。」她嘴角露出笑容，立刻充滿懷念地瞇起眼睛。

「說到禮物，我有一個難忘的回憶。」

「什麼回憶？」

「那是我妹妹還在讀小學低年級時的事。我問她生日想要什麼禮物，你猜她回答什麼？」

恭平無法想像，於是聳了聳肩。

「她說想要手槍，是不是很與眾不同？」

恭平忍不住笑了出來，這可不只是「與眾不同」而已。

「她說要保護我不被壞人欺負。因為那一天我剛好在學校和男生吵架，然後哭著回家。」

「妳妹妹對妳很好。」

「所以我想見她。」

恭平立刻想起之前在音樂廳的畫面。

——我想見我妹妹。

——因為我有話想要告訴她。

既然這樣，當面告訴妹妹不是就解決了。恭平當時這麼想，但是，也許——

「妳們沒有住在一起嗎？」

恭平原本以為皆笑會顧左右而言他，沒想到她點了點頭說「嗯」。

「一直都是分開生活。」

「從什麼時候開始？」

「我已經想不起來了。」

這時，皆笑似乎想起了什麼，在腳下的書包裡翻找著。她拿出了MD隨身聽，把耳機的其中一側遞給恭平。

「你戴上。」

恭平有點不知所措，但還是聽從她的要求，塞進了右耳。

「我要播放囉？」

耳機中傳來電影《世界末日》的片尾曲，這首歌是美國某個搖滾樂團唱的。我不願闔上我的眼，我不願進入夢鄉。副歌一再重複的訴求，剛好和恭平的願望相反。但是充滿真心，帶著力量的嘶啞吶喊仍然深深打動了他的心。整首歌曲所醞釀的世界觀，也和今天晚上的『夢托邦』不謀而合。

「妳喜歡看電影嗎？」

恭平聽著歌曲，突然想到這件事。至今為止，曾經多次經歷、感覺像在模仿災難大片劇情設定的「世界觀」，也許是她潛意識的反映，而且是《ＩＤ４星際終結者》或是《大白鯊》這種老電影，這也很符合她喜歡傳統手機、ＭＤ隨身聽這種「懷舊興趣」。

「你真聰明。」

「這就是男人的第六感。」

「我只知道一些有名的電影。」

這一個星期，蜂谷在暗中積極奔走，蒐集有關『幽靈計畫』的相關資料。阿虻正在反覆仔細閱讀「夢境日記」，試圖追查「凶手」。恭平知道眼前的狀況很不樂觀，但在這種情況下，也為自己又多瞭解了她一點而感到竊喜。剩下十三天。也許實驗結束之後，就再也無法見到她了。換句話說，已經沒有多少機會可以向她傳達心意了。

「等這一切結束之後，我們一起去看電影。」

「嗯，我考慮一下。」

她收起ＭＤ隨身聽，故弄玄虛地說。

「不去看電影也沒關係，去咖啡廳喝杯咖啡也可以。」

「我的行程很滿。」

皆笑從裙子口袋裡拿出手機，故意小聲這麼嘀咕。她快速地按著按鍵，是假裝在確認自己的行程嗎？

「我之前就想問，妳為什麼不用智慧型手機？」

「智慧型手機？」

「妳父母管很嚴嗎？」

「先不說這個——」

不知道為什麼，她匆匆改變了話題。

「約會的地點是『櫻葉公園』嗎？」

「啊？喔，好啊。」

恭平還不是很瞭解她，既不瞭解那種微笑所代表的意義，也不瞭解她和妹妹之間的關係，以及她和其他『造夢人』一樣，帶著不得不在這個世界尋找希望的「某些問題」——時間太少，無法瞭解她的一切。正因為這樣，他發自內心希望，在一切結束之前，什麼事都不要發生。雖然『夢托邦』之前差一點崩潰，但在千鈞一髮之際，終於找回了表面的和平。

恭平享受著眼前的沉默，抬頭仰望夜空。滿月似乎比剛才更大了。「蝴蝶」從滿月前飛過。

——不知道在剩下的時間裡，能夠瞭解她幾分。

恭平猛然坐了起來。窗外傳來麻雀嬉戲的啾啾聲，秋日平靜的陽光隔著窗簾照進了屋內。平和的日常悠閒得令人想要打呵欠，至少不是世界末日。

『早安，今天是第七十七天，你今天早上的心情如何？』

「還不壞，甚至好像有點幸福。」

『你似乎度過了非常有意義的時間。』

擬真影像女人露出滿面笑容。

『祝你有美好的一天。』

就連一成不變的結束語聽起來也有點動聽。這種日子或許會有好事發生。他帶著一絲充實感關掉了應用程式。

那天傍晚，他得知了西村清美死亡的消息。

8

傍晚四點十五分，手機突然響了。阿虻打電話給他。

「你打開電視，隨便哪一台都沒關係。」

「啊？都沒關係——」

「每一台都一樣。廢話少說，趕快打開電視。」

聽阿虻緊張的語氣，他立刻知道發生了緊急狀況。

他聽從阿虻的指示，打開了電視。

『記者在現場上空為您進行實況轉播。目前已經確認，駕駛小客車的四十七歲女性西村清美死亡，現場正在持續搶救傷者——』

恭平拿著電話愣在原地，說不出話。

根據新聞快報，事故發生在今天下午兩點五十分。在首都高速灣岸線的東扇島出口附近，一輛開往東京方向的小客車撞上中央分隔島，車子嚴重毀損，然後飛到對向車道，接連撞到了對向車道的車子後，起火爆炸。在目前四點左右的時間點，只確認駕駛小客車的西村已經死亡，但絕對是一起造成多人輕重傷的重大慘劇。

『由於現場是直線區間，視野良好，所以警方不排除駕駛人在開車時睡著的可能性，將持續進行調查。』

恭平嚇了一跳，目不轉睛地看著電視。

——在開車時睡著？

不可能有這種事。絕對不可能有這種事。

「我們似乎在看同一台的新聞。」

阿虻從電話那頭傳來的聲音好像也微微顫抖。

「新聞說她在開車時睡著了。」

「但是，不能排除同姓同名的可能性，更何況，我們也不確定紅葉是不是就是西村清美——」

這時手機收到了訊息，再次震動起來。

『未接來電　蜂谷』——似乎確定了。

「不好意思，蜂谷打電話給我。」

「好，那我先掛掉。」

「我結束後馬上打給你。」

掛上電話後，他用顫抖的手指點了「回撥」。

「你在和誰通電話？」電話立刻就接通了，傳來蜂谷壓低嗓門的聲音。

「阿虻。」

「所以你已經知道那個新聞了？」

「對。」

「那我只說目前掌握的事實。」

手心和腋下大量冒汗，劇烈跳動的心臟好像快炸開了。恭平沒有自信能夠接受他說出的所有話。

「如新聞報導所說——」

下午兩點五十分，西村清美駕駛的小客車幾乎全毀，衝到對向車道。從相同時間行駛在那個路段的其他車輛的行車紀錄器影像，也確定了這個事實。之後立刻爆炸起火，發現她時，她已經死了。

「晶片的訊號當然也斷了。」

但是，這並不是蜂谷想說的重點。

「然後呢？」

「問題在於時間。」

不可能。絕對不可能有這種事。

「斷訊的時間是下午兩點四十九分。就在**車禍發生之前**。」

「太荒唐了！怎麼可能有這種事！」

恭平大聲叫了起來。

「你倒是想一想啊！」

西村清美和滑川、京子時的狀況完全不同。雖然滑川和京子在是否知道將遭到殺害這個問題上有所不同，但他們都和「凶手」約定在指定的時間見面。如果不約定時間，要在『夢托邦』遇到鎖定的目標，根本比登天還難。但是，這次西村清美正在開車，難道「凶手」趁她剛好打瞌睡時下手嗎？

「我只告訴你事實。」

「不可能，絕對不可能。」

「你可以相信你想要相信的，但是我必須告訴你，高層打算把這件事當作『普通的車禍』處理，這代表『實驗』將會繼續。」

「瘋了嗎？」

「的確是瘋了，但即使我提出異議，實驗也不可能停止，所以我只能憑自己的直覺採取行動。」

「真是太可靠了，但你打算怎麼做？」

「我查到了一個知道『幽靈計畫』的人，他已經離職了，目前在其他新創公司任職。

雖然不知道他到底瞭解多少內情，但我後天要和他見面。」

「後天——」

蜂谷可能察覺到恭平重複這兩個字的意思，他的聲音中帶著悲痛。

「你絕對要活到後天。」

「真是烏鴉嘴。」恭平說話時笑不出來，而且他已經被逼到除此以外，不知道該說什麼的狀況。雖然容易把焦點集中在開車時睡著這個問題上，但整件事有一個無法忽視的、匪夷所思的問題。

——無論發生任何狀況，都絕對不要迷失「蝴蝶」。

所有『造夢人』都聽到了這個忠告。正因為這樣，他感到很不可思議。紅葉為什麼會失去「自覺」？

「老實說，我不知道該怎麼做。」他只能擠出這句話。

「做什麼？」

「雖然你叮嚀我不可以告訴別人，但我告訴了其他人，無論發生任何狀況，都絕對不要迷失『蝴蝶』，否則就可能會滿足條件。」

蜂谷聽了之後，並沒有生氣地責備他「違反了規定」。

「如果是這樣，問題就更嚴重了。這代表即使知道殺人條件，殺人魔仍然可以奪走『造夢人』的『自覺』，而且能夠神出鬼沒地出現在『夢托邦』。」

「要怎樣才能保護自己，避免遭到那個傢伙的毒手？」

恭平知道蜂谷沒辦法回答，但他無法不問這個問題。

「很遺憾，我並不知道。正確地說，我還無法相信有這種敵人。只要認真思考，就知道根本無法逃出那傢伙的手掌心，但是——」

蜂谷停頓了一下，接著說出必須面對的事實。

「範圍越來越小了，包括你在內，還有四個人。」

恭平的腦海中立刻浮現出其他人的臉。阿虻、奏音、皆笑——其中某個人，正是這一連串「可怕惡夢」的主謀。

「蝶野，你仔細聽好了。從現在開始，你不要相信任何人，包括那個叫虻川的男人在內。」

第四章　惡夢的終點

1

「就在前面轉彎的地方。」

阿虻指著前方說道，一旁的恭平始終保持沉默。

——明天要不要一起去找滑川太太？

計畫第七十八天，發生首都高速灣岸線車禍當天晚上，紅葉的屍體果然出現在『夢托邦』

——雖然臉部右半邊已經面目全非，但仍然可以確定是她，她的身旁當然也放了那張寫著『第四個人』的紙。

——我不會勉強你和我一起去，但我認為有必要向她瞭解一下當天的情況。

恭平低頭看著屍體，無法立刻回答。

這個男人真的值得信任嗎？

雖然蜂谷的忠告完全正確，目前無法信任任何人，但恭平也不認為單打獨鬥是上策。

——網路上到處都是關於西村清美的消息。

新聞報導車禍的數小時後，以匿名討論區為中心，大肆討論她就是一年前「分屍案」

的凶手，以心神喪失為由獲得無罪判決的那個人。

——網路世界實在太可怕了。

除了事件相關話題以外，還曝露了她所有的私生活。

——西村清美在十多年前就離了婚，離婚的原因是她對前夫家暴。

某天晚上，她的丈夫終於忍無可忍，帶著獨生女兒離家出走。她之前在「櫻葉公園」時『創造』的那名女孩應該就是她的獨生女兒。從母女兩人的年紀推測，原本以為是很晚才生女兒，但聽了阿虻打聽到的消息之後，才終於恍然大悟。紅葉『創造』的是女兒離開她時的樣子——所以年紀才會有落差。如果她之後沒再見過女兒，就不可能知道女兒十年後的樣子。

——那是西村清美以前做的事，我們不瞭解真相，現在也不想知道。

阿虻露出憐憫的眼神低頭看著紅葉的屍體。

——對她而言，女兒可能是她這輩子唯一，而且是最大的後悔。

恭平立刻想起了紅葉那天說的話。

——因為我想瞭解『夢托邦』的極限在哪裡。

——所以我正在進行各種嘗試。

『夢托邦』並不是「無所不能」，但她仍然沒有放棄追求希望。

也許她想重新找回和心愛的女兒共度的時光。

——總之，我們要有危機意識。

他們的討論回到了正題，但阿虻也束手無策。

——即使開車時睡著，最多也只有數十秒而已。

但是在這數十秒——即使考慮到在『夢托邦』的體感時間，最多也只有一、兩分鐘而已，「凶手」在這麼短的時間內殺了人。「凶手」在那個瞬間也在現場，是因為偶然，還是必然？無論是哪一種情況，都意味著自己目前所處的狀況極其危險。因為「凶手」只要短短數十秒就可以奪走『造夢人』的「自覺」，然後殺人。

——當然，如果你不相信我就算了。

——但是，如果你願意相信我，我們明天上午十一點在淺草車站碰面。

——我會等你十分鐘，如果你沒來，我就自己去。

醒來之後，恭平猶豫再三，最後決定和阿虻同行。雖然沒有人能夠保證阿虻是自己人，但至少在真實世界中共同行動並不至於有什麼危險，反而是在『夢托邦』要避免和他單獨相處。

「但是我們這樣突然上門，滑川太太會願意告訴我們嗎？」

恭平說出了內心的擔憂。無論怎麼想，都無法想像滑川太太會隨便對突然上門且來路不明的兩個人，透露這麼重要的內容。

「無論可能性再小，如果不挑戰，成功的機率永遠是零。」

「嗯，有道理。」

從大馬路轉入小巷後，走了大約五分鐘，很快就看到一塊寫著「滑川不動產」的藍底白字招牌。那是一棟兩層樓的小房子，一樓的部分是辦公室，辦公室內有人，顯然並沒有停業。仔細打量後，發現樓梯沿著房子外牆通往二樓，樓梯口放著傘架和觀葉植物。二樓八成是住家。

推開辦公室的門，一名看起來像事務員的女人立刻走過來接待他們。

「歡迎光臨，請問要找房子嗎？」

「不，」阿虻低頭往下看，「我們來上香。」

「喔喔。」女人立刻察覺了狀況，拿起辦公桌上的電話，說了兩、三句話後，露出親切的微笑說：

「我帶你們去二樓，請跟我來。」

他們跟著女人上了樓，玄關的門立刻打開了，面容憔悴的中年女人從門內探出頭。她應該就是滑川太太。

「那我就先下樓了。」

帶他們上樓的女性事務員下了樓，從敞開的門內向外張望的滑川太太確認她下樓之後，靜靜地開了口。

「我不認識兩位，請問你們是在哪裡認識外子的？」

滑川太太果然心生警戒。從年紀來看，恭平和阿虻也不像平時會和滑川有來往的人。

「我們是在某個治療課程認識了折郎先生。」

阿虻臉不紅氣不喘地隨口說謊。他可能早就料到滑川太太會問這個問題。

「治療課程？」

「是關於『失眠』的治療課程，請問妳先生是否在服用『斐利特司』？」

「好像有服用，但我從來沒有聽他提過參加了這樣的治療課程。」

「他曾經說自己並沒有告訴家人。」

滑川太太聽了阿虻的回答，仍然沒有消除內心的不信任感。

「不好意思，請問你們叫什麼名字？」

「我叫虻川光隆，他叫——」

「我叫蝶野恭平。」

恭平無法忍受眼前的尷尬氣氛，深深鞠了一躬。他的頭頂感受到銳利的視線，猶豫了一下才終於抬起頭。

「不好意思，可以請兩位離開嗎？」

看吧，我就知道。

「但是——」

「對不起，因為我完全不知道外子和你們之間究竟是什麼關係。」

「我們認為妳先生是死於他殺。」

滑川太太聽到這句話，立刻露出和前一刻不同的眼神。原來如此，原來阿虻準備了「王牌」。

「所以，我們希望能夠和妳當面聊一聊。」

滑川太太東張西望，打量四周後，小聲地說：

「請進。既然這樣，我也有事想要告訴你們。」

滑川太太告訴他們的情況，比想像中更離奇。

「老實說，我根本無法接受。」

這是理所當然的反應。恭平聽完她說明的情況，只能和阿虻面面相覷。

「警方也說『沒有他殺嫌疑』，根本沒有認真調查。」

既然死因是睡眠時心肌梗塞發作，很難讓警方認為是他殺。

「我想確認一下，哲郎先生那天是在睡午覺醒來之後出門，才有這趟匪夷所思的出差行程嗎？」

「對，他每天都會小睡十五分鐘左右。」

阿虻露出意味深長的眼神看向恭平。他們應該都在想同一件事。從滑川臨時決定去出差研判，那十五分鐘的午睡——「凶手」在那時肯定唆使了滑川做什麼事。

「把寄物櫃裡的東西拿走的人絕對知道內情。」

她說的沒錯，那個人絕對掌握了關鍵，問題是沒有任何線索可以查明那個人的身分。

「妳有沒有看監視器的影像？」阿虻問。

「看了，」她無力地低下了頭。

「我當然看了，但畫面很模糊，根本看不清楚，只知道應該是年輕女人。」

——年輕女人。

恭平想到了兩個人，而且那兩個人目前都還活著。

「所以，哲郎先生使用的是用數字就可以打開的寄物櫃嗎？」

阿虻從意想不到的角度發問。

「為什麼？」

「現在不是有一些用交通ＩＣ卡嗶一聲就可以使用的寄物櫃嗎？使用這種類型的寄物櫃，就必須用同一張卡才能再次打開，但這一次另一個人成功拿走了放在寄物櫃中的東西，所以我猜想應該是數字式寄物櫃，而且對方知道密碼。」

「的確是這樣，但這是怎麼——」

「我猜想他們可能用這種方式交貨。」

恭平忍不住發出了低吟。阿虻說的沒錯，完全有這種可能性。

「對了，請問哲郎先生的手機在妳這裡嗎？」

「對，是啊。」

「如果妳不介意的話，是否可以借我看一下？」

阿虻的這個要求很大膽，不知道滑川太太是否被他的氣勢嚇到，她立刻點頭答應了。

「請問妳有動過嗎？」

「我沒動過，一直保持原來的樣子。」

阿虻在螢幕上操作了一陣子，很快就一臉嚴肅地把手機交還給滑川太太。

「有沒有發現什麼？」

「不，沒有什麼特別的發現，謝謝妳。我想請教一個問題。」

阿虻接著問了一個很震撼的問題。

「請問哲郎先生的遺物中有沒有槍？」

滑川太太驚愕地瞪大了眼睛，從她的態度不難發現阿虻「猜對了」。

「你怎麼知道？」

「因為他之前有稍微提過。」

恭平立刻想起這件事。當身穿泳衣的奏音拿著槍時，他曾經這麼說。

——我下次教妳怎麼開槍，因為我在現實生活中有真槍。

——少騙人了。

——我沒騙妳。下次我可以手把手教妳，保證很溫柔。

雖然乍聽之下會覺得是大膽的推測，但仔細思考之後就覺得並不意外。因為一個成年人謊稱自己有真槍未免太幼稚，反而可能是因為一時囂張，不小心說出實情聽起來更合理。

「如果是這樣，我還有一件事要告訴你們。」

原來滑川除了枕邊放了一把手槍以外，行李箱內還有大量和那把手槍口徑不同的子彈。雖然意外的發展完全超乎想像，但恭平總覺得似乎隱約看到了全貌。重點在於滑川身上帶著「無法發射的子彈」四處走動。

之後，又聽滑川太太聊了一些往事，兩人才終於告辭。

「我覺得你們似乎比我更瞭解外子。」

臨走時，滑川太太的這句話讓恭平格外印象深刻。

「你有什麼想法？」

走進淺草車站前的咖啡廳，阿虻才剛坐下就問恭平。

「從寄物櫃拿走東西的，不是皆笑，就是奏音。」

「可能性相當高。除此以外呢？」

「我搞不懂留在現場的那張紙上寫的『1002』是什麼意思。」

「簡單地說，我認為是日期。」

「那天剛好是我女朋友的生日。」

「原來是這樣，真是耐人尋味。」

阿虻不感興趣地嘀咕著，但恭平從滑川太太口中聽到這個數字時，的確大吃一驚。雖然應該只是巧合，但三百六十五分之一的機率——只能說太巧了。

「先不說這件事，你中途為什麼檢查滑川的手機？」

阿虻用吸管攪動著杯子裡的冰塊，瞇眼笑了起來。

「我檢查了鬧鐘設定。」

「鬧鐘？」

「手機鬧鐘是設定在晚上九點。雖然沒辦法確認是不是那天晚上設定的，但如果是這樣——」

這就意味著滑川並不是躺在飯店的床上，在不知不覺中睡著，而是在確定「等一下要起床」的情況下入睡，而且在睡覺時築起了堡壘，在枕邊放著裝滿子彈的手槍——。

「蝶蝶，這完全就是你之前發問的情況，滑川當時一定很擔心自己在睡著時遭到襲擊。」

阿虻說的是翔太遭到殺害後，在教室內開「班會」時的事。滑川依次問了所有人，恭平當時說，不能因為第一個人在『夢托邦』遇害，就認定下一次也會在夢中發生，在真實世界中睡覺時，也可能會遭到襲擊。如今情況已有所不同，當時被遺忘在腦袋角落的想法，沒想到竟然會以這種方式重見天日。

「但你不認為這麼過度警戒有點異常嗎？無論是皆笑或奏音是藏鏡人，以他的腕力都可以輕而易舉打敗年輕女生。」

「你的意思是？」

「希望你回想一下，他的行李箱內裝了『**無法發射的子彈**』。」

其中一片拼圖發出喀答的聲音，拼到了正確的位置。

「你的意思是，寄放在寄物櫃裡的是另　把槍？」

「可能是交易。比方說，會不會寄物櫃裡的那把槍只有幾發子彈，拿到槍的人先找地方試射，確認是真槍之後，再去滑川的房間拿取剩下的子彈？」

「這就代表那個人會拿著槍，去滑川的房間找他。」

「他心生警戒不是理所當然的嗎？」

「這樣就可以合理說明當時的狀況了。」

「滑川在飯店房間睡覺的目的，是為了把寄物櫃的密碼，或是住宿飯店的房間號碼告訴對方，但他最後在那裡被殺了。」

「等一下，果真如此的話——」

「對，你發現了？」阿虻把臉湊了過來。

「皆笑或是奏音——她們其中一人手上很可能有真槍。」

2

恭平拎著裝了罐裝啤酒和零食的袋子，快步走出便利商店。他並不是要讓腦袋停止思考，所以才想喝酒，反而是相反的情況。即使走在車來車往的大馬路上，他也一直思考著阿虻剛才說的話。

——她們其中一人手上很可能有真槍。

當然無法確定事實如何，這只是建立在推論基礎上的推論，只是建立在比接近尾聲的疊疊樂更不穩固的基礎上的假設，但卻有一種超越理論的紮實感。

但是更讓恭平耿耿於懷的，是「1002」這個數字。

他很清楚，這件事並不是需要太在意的重點，更何況也不知道到底是不是代表日期。

但是，他有一種不祥的預感。他想著這些事，不經意地抬頭看向天空。

——咦？

他懷疑自己的眼睛。因為在天空中飛舞的，正是如假包換的「蝴蝶」——他的心跳加速，慌忙看向周圍。他很自然地走在這條街上，但認真想了一下，發現自己並不知道這裡是哪裡。

他絞盡腦汁思考。在拜訪滑川太太之後，他的確和阿虻一起走進了車站前的咖啡廳，之後就沒有任何記憶，顯然是在店內發作了。

心臟噗通噗通用力跳動——他再次環顧四周，在可以看到的範圍內，沒有看到其他『造夢人』的身影。之前多次在白天睡午覺時，曾經獨自擁有『夢托邦』，但每次他都努力告訴自己。

——絕對不可以做這件事。

即使完全沒有其他人，一旦做了這種事，身為一個人的某些重要東西就會崩壞，所以他拚了命按住那道門。

但是，這次不一樣。他在毫無心理準備的情況下，突然進入一個只有自己的世界。

他感受到熟悉的「衝動」，倏然抬起了頭。

——就是獨自霸占這個世界。這件事，我只偷偷告訴你。

這是他一直克制在內心深處的惡魔呢喃。

——完全不必在意他人的眼光，那才是真正的「為所欲為」。

他已經無法再克制撲向自己的慾求。他丟掉手上的袋子跑了起來，尋找適當的地方。拜託，先暫時不要醒來——。

他最後來到了沒有人的公園。看起來有點像「櫻葉公園」，但遊戲器材的配置和周圍的風景顯然不一樣。

——不行，絕對不行。

雖然他這麼告訴自己，但已經無法回頭了。

「皆笑」很快就出現在他面前，當然不是她本人，而是恭平自己『創造』的。

「咦？蝶蝶？你怎麼了？」

天真無邪的少女不可能知道眼前這個男人深藏在內心的「慾求」，毫無防備得簡直有點可悲。

——不行。

他一步又一步走向她。

「啊？幹嘛？」

「皆笑」一臉詫異地後退——兩個人之間的距離越來越短，在恭平一伸手就幾乎可以摸到她時——

「你在幹嘛？」

身後響起了相同的聲音。

恭平立刻『重設』，然後轉頭一看，發現站在那裡的正是他剛才從這個世界刪除的少女。他全身噴出了不同尋常的冷汗，同時感到暈眩和心悸。她發現了嗎？前一刻這裡有一個和她長得一模一樣的人站在這裡。

「皆笑，妳怎麼會在『夢托邦』？」

「沒為什麼啊，因為我讀書讀累了，所以就在睡午覺。」

她注視恭平的眼神冷酷得令人發抖，就像瞄準獵物的猛禽般銳利。

「剛才這裡還有其他人吧？」

「沒有啊。」

她的手上立刻出現了一把手槍。

「蝶蝶，你是『凶手』嗎？」

她手上的槍瞄準了恭平的左胸。

恭平立刻抬頭看向天空，確認在天空中飛舞的「她」。

「你剛才是不是殺了那個人？所以那個人才會突然消失——」

她似乎誤會了。她可能以為自己看到了恭平殺害奏音或是阿虻的現場。

「我怎麼可能做這種事？」

「你憑什麼說這句話？」

「我當然無法證明，但是妳應該也知道昨天的新聞。」

「新聞？」

「就是首都高速灣岸線發生的車禍。」

她仍然一臉無法理解的表情，恭平猛然想到，她並不知道紅葉就是西村清美，既然這樣，即使看了那個新聞也不會想到是紅葉出了車禍。

「我很少看電視。」

恭平能夠理解，但在當今的時代，除了電視之外，還有很多獲得資訊的管道，社群媒體簡直是資訊爆炸的程度。使用傳統手機的她或許沒有加入社群媒體，但這種「懷舊興趣」似乎有點太過頭了。恭平雖然有些納悶，但還是一五一十地向她說明了車禍的狀況，最後總結說：

「妳現在知道了吧？我根本不可能有能力這樣殺人。」

皆笑聽完之後，仍然搖著頭。

「我當然知道！我是在知道這件事的基礎上問你！」

「什麼意思？」

「你認為誰有能力做到？」

她的聲音顫抖，大滴淚水從她的眼中流了出來。

「你告訴我，誰有能力做出這麼可怕的事——」

她手上的槍消失了，然後癱坐在地上。

沒錯，「凶手」到底是基於什麼目的，開始做如此可怕的事？

恭平看著潸然而泣的皆笑，一句話都說不出來，但是，他內心湧現的並不是對癱坐在眼前的皆笑的憐愛，而是為自己沒有執行不小心從內心噴發的慾望感到鬆了一口氣。

「太驚訝了。」

當他醒來時，發現阿虻一臉同情地看著他。

「我似乎又發作了。」

「就在我轉頭叫店員，把視線移開的瞬間。」

「這就是發作性嗜睡症。」

「這樣的確不適合在公司上班。」

「我在那裡遇到了皆笑，她好像也剛好在睡午覺。」

「幸好你活著回來了。」

阿虻說的這句話，聽起來好像把皆笑視為「凶手」，恭平感到有點生氣，但很遺憾的是，阿虻說的並沒有錯。如果在滑川的寄物櫃這件事上的推論沒有錯，「凶手」就是她或是奏音。如果是這樣，和其中一名嫌犯在『夢托邦』單獨相處實在太危險了。

「對了，蜂谷明天傍晚要和知道『幽靈計畫』的人見面，之後會告訴我相關的情況，你要不要一起來？」

恭平當然沒有百分之百相信眼前這個男人，但是剛才和滑川太太接觸時，在一旁的自己最瞭解阿虻的認真程度。

「當然啊，我會去，只要蜂谷不介意。」

他很敏銳。

「我會先跟他打聲招呼。」

「謝謝，對了——」

阿虻停頓了一下，恭平忍不住緊張起來。

「上次我醒了之後，那根繩子怎麼樣了？」

恭平吞著口水，注視著看著自己的那雙眼睛。他絕對是在說在『夢托邦』驗證各項規則的那一天。

「消失了，在你清醒的同時消失了。」

那天醒來之後，他在「睡鄉深處」撈了半天也沒有發現的、讓他忐忑不安的理由。也許可以有意外發現的期待和畏懼湧上心頭。

「果然是這樣啊。」

「什麼？」

「當『生母』醒來，『孩子』就會消失。」

恭平想問這句話的意思，但看到阿虻拒絕他人繼續深入探究的頑固眼神，恭平只能閉上嘴。

3

回過神時，發現自己站在雨中。

「不要過來！」

計畫第七十九天。這次的舞台是夜間的廣大停車場，可能是某家暢貨中心。回頭一看，發現奏音舉槍對著自己——自己運氣不好，竟然出現在她面前。

「別擔心，我不會做任何——」

恭平舉起雙手表示投降，但她的兩旁立刻出現兩個像是保鑣的強壯男人。男人抹了髮膠的黑髮梳得服服貼貼，戴著漆黑的墨鏡，全身發達的肌肉都快把西裝撐破了，而且手上拿著像是機關槍的武器。看到奏音警戒到這種程度，恭平忍不住笑了起來。

「如果你再靠近，我就要開槍了。」

為了謹慎起見，他抬頭看向上方。月亮被厚厚的雲層擋住了，但在停車場內一整排的燈光下，看到了「她」的身影。

恭平在原地坐了下來，表示自己並沒有想要害她的念頭。柏油地面堅硬的觸感，和穿著長褲的屁股感受到雨水的感覺都很真實。

「妳可以繼續拿槍對著我，但我希望妳稍微聽我說一下。」

雖然奏音也可能是「凶手」，但自己目前有「自覺」，奏音殺不了自己。既然這樣，現在無疑是藉由對話釐清真相的絕佳機會。

「妳還記得我們第一次說話的那一天嗎？」

那一天，他們在夜行巴士上相鄰而坐，彼此聊了各自的情況。她說了自己飼養的刺蝟，恭平則告訴她有關發作性嗜睡症的來龍去脈。

「不僅如此，妳還是我的救命恩人。我在海邊失去『自覺』，陷入錯亂狀態時，妳還為我『創造』了刺蝟。」

「別說了，你不要再說下去了。」

她仍然沒有放下槍，但聲音明顯透露出她內心的慌亂。

「為什麼？」

「因為我確信你或是阿虻就是『凶手』，所以你不要再假裝是好人了。」

咦？恭平不禁感到納悶。在目前的狀況下，自己被認為是「凶手」之一也是無可奈何的事，但他在意的是奏音沒有提到另一個人。

「妳認為不可能是皆笑？」

「對，絕對不可能是她。」

「為什麼？」

「因為她比任何人更瞭解他人的痛苦。」

淅淅瀝瀝下個不停的雨滴打在臉上。

——太好了，原來大家都一樣。

恭平在夜行巴士上，從她的眼中看到了「扭曲的希望燈火」——他覺得目前這個瞬間是瞭解內情的唯一機會。

「妳是什麼問題？」

「什麼意思？」

「妳之前不是說，不希望被人奪走這個世界嗎？我問的是其中的理由。我是因為發作性嗜睡症，京子是胰臟癌。」

聽滑川太太說，滑川從兩年前開始就瞞著家人接受憂鬱症的治療。紅葉的心神喪失雖然真假不明，但她符合這個「實驗」的參加宗旨。恭平猶豫著要不要說出阿虻的事，但想起那天在咖啡廳時，阿虻曾經說「我只告訴你一個人」這句話，於是決定隱而不說。

「這就是聚集在這裡的人的共同點。」

「怎麼會——」

「我一直以為只有自己有問題，覺得只有自己最倒楣，自以為是悲劇主角，開始自暴自棄。但是後來發現，完全不是這麼一回事。」

她站在原地，一時說不出話來。不一會兒，終於放下手上的槍，兩旁的保鑣也同時消失不見了。

「好吧，那我告訴你。」

她和前一刻完全不同，聲音中充滿了悲哀。恭平點了點頭說「謝謝」，然後豎起耳朵，聽她說出真相。

「其實我有——」

選擇性緘默症。

恭平從來沒有聽過這個名稱，忍不住反問她。

「那是一種焦慮症，在學校等『特定場所』會無法開口說話。你知道嗎？不是不說話，而是無法開口說話。」

雖然目前無法瞭解發病的成因，但通常認為是受到生理因素、心理性因素和環境因素綜合影響，也就是說，目前完全不瞭解原因。選擇性緘默症最令人匪夷所思的就是，能夠開口說話的場所和無法開口說話的場所，兩者間的界線非常明確。

「是不是很不可思議？因為在家裡的時候，完全可以自由說話，但是——」

一旦踏出家門，腦筋就一片空白，簡直就像溺水般，喉嚨卡住了。無論在上下學的路上、學校的走廊上，還是在教室內，她都無法說話，也因為這個原因，別人不只一次對她說出那些缺乏同理心的話。妳為什麼不說話？她是不是有問題？她只是想博取別人的關注，不要理她。

「我一直都很孤單，沒有人能夠瞭解我的痛苦。不光是同學，就連老師和父母也一樣。」

——奏音，妳是不是個性很內向？

——妳在家裡說話不是很正常嗎？在學校也要說話啊。

久而久之，她害怕出門，整天都把自己關在房間內。她完全斷絕了和外界的接觸，封閉在只有她自己一個人的世界。這樣的生活不知道過了多久。

有一天，她意外在某個網站上看到了「選擇性緘默症」這個名詞。她全身發燙，瞪大眼睛看完了全文，發現上面所寫的症狀完全和自己一樣。

「那時候我才知道，有好幾個協助病人改善症狀的支持團體、診所和發育支援中心，但是我沒有及時得到診斷，如果能夠早期找這些團體諮商——。」

至今為止的人生中，或許可能出現的無數「如果」——這些「如果」在腦海中閃爍後消失了。如果能夠在不知不覺中經過的岔路轉彎，人生也許會不一樣。不，一定會不一樣。

「我也很希望能夠像大家一樣參加社團活動，也想在文化祭和運動會上有活躍的表現，和同學一起說老師的壞話，像其他人一樣談戀愛，打扮得漂漂亮亮去逛街，總之我有很多想要做的事。」

她為自己失去的青春嘆息，帶著絕望的心情衝出家門，想要一死了之。到底要跳樓，還是跳向行駛的電車。她說希望在眾目睽睽之下結束生命。因為這是遭到埋沒、遭到無視、遭到錯誤對待的「不存在的人」，用殘酷的方式讓世人看到自己的存在，質問世人自己的生存意義的唯一方法。她在尋找最適合、最出色的舞台時——

「我在路過的一家寵物店門口看到了海膽。」

她看到那隻刺蝟之後，原本起伏的心情立刻恢復了平靜。她至今仍然不知道其中的原因，但被刺蝟憑著本能在籠子內不斷往上爬的樣子深深打動。

——牠生活的世界沒有惡意，也沒有欺騙。

——所以海膽在房間內跑來跑去，我就會感到很安心。

「是不是很可笑？但刺蝟真的救了我一命。」

那天在夜行巴士上，她曾經這麼說。

——我對於在這個世界能夠像這樣和大家聊天感到非常高興。

恭平當時聽到她這麼說並沒有多想，只覺得她這個人很奇怪，但其實她真的很高興。能夠隨心所欲「談論自己」的自己——這是在真實生活中，絕對不可能發生的事。正因為這樣，所以她不需要確認「蝴蝶」的身影就知道，出現巴士殘骸的那片沙灘是夢境。

「你還記得嗎？我的名字叫『奏音』，就是『奏出聲音』——但是我無法用聲音說出自己的想法，明明內心有很多想要說的話，卻完全說不出來。」

「所以妳才會說自己『名不副實』。」

「嗯，」她落寞地點了點頭，「對不起，我又一個勁地說不停。」

「沒關係，我反而想謝謝妳。」

「雖然我說了一大堆，但我想要說的重點是，至今為止的人生中，皆笑是比任何人都更關心我的人。」

「她關心妳？」

「她對我說，『慢慢累積一個又一個小小的成功經驗很重要』。」

「這句話」是什麼意思？恭平還沒有問完，背後就傳來一個聲音。

「你們是不是在說我？」

回頭一看，果然是皆笑。

「不，沒事。」

奏音搖了搖頭，露出淡淡的微笑——恭平這時忽然發現，他已經很久沒有看到她的笑容了。

「蝶蝶。」

「嗯？」

「如果『實驗』順利結束，我們要在真實生活中見個面。」

「咦？為什麼突然有這種想法？你們之間發生了什麼事嗎？」

皆笑驚叫起來。

「好，那我們一定要見面。」

「但我想你應該會認不出我。」

「為什麼？」

「呃，因為……」奏音靦腆地用右手的食指纏著鬈曲的金髮。不知道是否因為濕氣的關係，她今天的頭髮並不是很鬈。

「因為我在真實生活中頭髮是黑色，穿的衣服也很土，反正就是一個相當不起眼的女生。」

這時，恭平突然覺得有哪裡不對勁。

並不是她說的話有什麼問題。在『夢托邦』，每個人都可以擁有「理想的外貌」，無論奏音原本的長相如何，都可以呈現她所嚮往的「自己」。

——不，這不是重點。

雨不停地下，而且越下越大，彷彿要沖走一切。

4

醒來之後，恭平仍然心煩意亂地翻來覆去。

——沒錯，又多了一片拼圖。

問題在於是否能夠把第一片拼圖放在正確的位置，這才是勝敗的關鍵。希望可以再擊出決定性的一棒。

他東想西想，一天的時間又過去了。

——你可不可以一個人比約定時間提早十分鐘到？

兩個小時前，恭平接到了蜂谷的電話。即使問他原因，他也只說「別問這麼多」，始終問不出答案。恭平很不甘願地在晚上六點五十分來到約定的咖啡廳，在最後方的座位發現了他的身影。

「怎麼了？」他故作輕鬆地在蜂谷對面坐了下來。

「我發現一件事。」

「發現一件事？」

「就是『劈腿調查』的事。」

「啊？」

意外的發展讓恭平大吃一驚。

「我去調查了那個地方。」

「那個地方——你是說『松濱』吧？」

恭平難掩困惑，蜂谷把臉湊到他面前。

「她為什麼要耗費整整十個小時，往返那種偏僻的地方？」

「結果發現了驚人的事實嗎？」

恭平半開玩笑地問道，沒想到蜂谷立刻表示肯定。

「沒錯，你應該記得十五年前發生的那起列車事故吧？」

恭平想起不久之前看的資訊節日，馬上知道蜂谷在說哪一件事。

「不會吧？」

「從『松濱』往『新花卷』方向，往北兩公里處——就是事故現場。」

「就是我們搭的那輛電車嗎？」

「沒錯，但我的話還沒有說完。我當然調查了那起事故。」

結果他發現了一件事。

「就是日期。」

恭平再次在記憶中搜尋。那是從棚內切換到錄影影像之前，主播露出沉痛的表情播報的內容。事故發生在**十月二日**，清晨六點十五分——。

恭平說不出話。

「就是那一天。」

「怎麼會有這種事？」

「和你女朋友的生日同一天。」

手上又多了一片不知道該放在哪個位置的拼圖。

「讓兩位久等了。」

阿虻在約定的晚上七點準時出現，在恭平和蜂谷之間坐了下來。

「沒有沒有，我們也才剛到而已。」

「那我就洗耳恭聽了。」

阿虻和蜂谷打算立刻進入正題，但恭平的意識已經進入了另一個世界。

——在我生日當天，沒辦法和你見面。

彩花在自己生日當天，竟然前往十五年前的同一天，列車發生事故的地方。這不可能只是巧合而已。她和那起事故絕對有某種關聯，問題是究竟是什麼——。

「喂，蝶野，你有沒有在聽？」

蜂谷皺起眉頭——一旁的阿虻也露出了相同的表情，但他們的反應很正常。因為蜂谷即將說出『幽靈計畫』相關的祕密。

「有，我有在聽。」

雖然恭平掩飾道，但越思考就越進入迷宮的深處。他想起了滑川留在客房內的那張紙上寫的「1002」——為什麼這個數字一直在身邊打轉？到底是誰的、什麼樣的意圖在背後運作？

「先說結論，我今天去見的那個男人，他幾乎什麼都不知道。」

恭平暫時放下內心的諸多疑問，專心聽蜂谷說明情況。

「我想也是。」阿虻難掩失望，但蜂谷臉上露出了充滿自信的表情——他一定有什麼隱藏的王牌。

「但除了一件事。」

看吧，我就知道。恭平露出苦笑。

「雖然他只是個『基層』人員，但還是在計畫中發揮了一定的作用。據說他不分白天黑夜，每天都要處理龐大的數據。腦波、心電圖、血壓——」

為了分析這些數據，他掌握了實驗對象的基本資料，但只是年齡、性別和身高、體重而已，並不包含可以追查到實驗對象的具體資料。因為這是對外保密的極機密實驗，這也是理所當然的事。

「我不認為他掌握了什麼重要的消息。」

「是啊，按常理來說，這種資料沒有任何價值。」

蜂谷抱著雙臂，靠在椅背上。

「但是，現在的狀況不一樣。」

「什麼意思？」

「如果按照虻川先生所說，『凶手＝倖存者』，這份資料就足夠了。」

空氣中瀰漫著緊張，彷彿整個世界都豎起了耳朵。恭平感覺心臟就像敲警鐘般劇烈跳動，簡直要衝破胸膛蹦出來了。

「倖存的實驗對象是一名二十多歲的女性。」

恭平和阿虻立刻互相看了一眼。

因為只有一個人符合這個條件。

「而且還有一槍斃命的資料。每個實驗對象都有一個代號。」

「代號？」

「有助於識別個體。」

恭平既想知道，又不想知道。因為一旦知道了，就再也回不去了。

「她的代號是『K』——我猜想是名字的縮寫。」

最後一片沉重得難以動搖的拼圖落在盤面上。

很長一段時間都沒有人開口說話。

不，正確地說，是無法說任何話。

「之前的辛苦都白費了，」

阿虻終於語帶自嘲地笑道。

「這幾乎可以確定是誰了。」

雖然無法確定當時的倖存者混入了這次的計畫，這終究只是他們的假設而已，但有時候一個事實就可以證明這個假設完全正確。

「問題在於果真如此的話，你們打算如何證明呢？」

蜂谷自始至終都很務實。他說的沒錯，完全沒有目擊證人，而且現場是在夢境中，和真實生活中的殺人完全不一樣。

「一定留下了某些線索。」

雖然阿虻語氣堅定地說，但恭平對這件事抱有懷疑。至少不可能像電視上的那些推理劇一樣，羅列各項不可動搖的證據，拿出讓對方無法辯解的真相擺在其面前。

「只好讓『凶手』自己說出真相了。」恭平只能小聲嘀咕道。

「總之，距離晚上十點還有一點時間。」

阿虻看向店內的掛鐘說。

「我們來研擬作戰計畫，但是——」

「但是？」

「如果想不出計畫就只能且走且看，見機行事。」

5

計畫進入第八十天。舞台是某個沿海的斷崖絕壁，遠處傳來洶湧的海浪拍打的聲音，冰冷的海風刺骨。「蝴蝶」一如往常地在灰濛濛的天空中飛舞。

恭平注視著獨自坐在懸崖邊的奏音背影，等待阿虻的出現。

——如果想不出計畫就只能且走且看，見機行事。

雖然阿虻這麼說，但還是要努力避免束手無策的狀況。因為一旦揭發，將導致『夢托邦』徹底瓦解。無論是對是錯，一旦指名道姓，指證某個人是「凶手」，就無法再回到往日的平靜。

「你喜歡奏音嗎？」

不知道什麼時候走到恭平身旁的皆笑輕輕戳著他問。

「啊？為什麼？」

「因為你一直看著她。」

——如果「實驗」順利結束，我們要在真實生活中見個面。

在奏音說了這句話的隔天，露出熱切的眼神注視著她的背影，會引起別人的誤會也無可厚非，但是皆笑為什麼可以這樣鎮定自若？站在她面前的男人，很可能是「殺人魔」。

「皆笑，妳不害怕嗎？」

「害怕什麼？」

「我也可能是『凶手』啊。」

「所以你果然是『凶手』嗎？」

「我不是。」

「只要不要迷失『她』，不是就沒問題了嗎？」

皆笑指著天空說。雖然是這樣，但是紅葉——西村清美遇害後，他們瞭解到「凶手」只要有短短數十秒的時間就能夠奪走「自覺」，然後殺人。在這種狀況下，顯然不是談情說愛的場合。

「但是——」

恭平的話還沒有說完就出現了熱霧，接著很快出現了人形。

「終於要攤牌了。」

阿虻出現在『夢托邦』後，立刻看向坐在懸崖邊的奏音。

「你想好作戰方案了嗎？」

「沒有。」

這就意味著要「且走且看，見機行事」。原本以為阿虻會『創造』什麼武器，但他似乎打算赤手空拳迎戰。

「那我們走吧。」

像往常一樣，穿著深紅色露肩上衣的身影，就像在大地盡頭綻放的一朵玫瑰。這片紅色是隱藏的刺滴下的鮮血染紅的嗎？

「我想和妳談一談。」

奏音滿臉警戒地轉過頭，手上立刻出現了一把槍。

「什麼事？」她站了起來，用熟練的動作把槍口對準了阿虻。

「該停止了。」

「你在說什麼？」

「當然是『殺人』的事。」

「你認為是我？既然你都這麼說了，那我也直說，我認為是你。」

她放在扳機上的手指微微用力。

「阿虻——」

恭平原本想叫他抬頭看上面，但還沒說出口，他就點了點頭說：「我知道。」

「那我就來說說認為妳是『凶手』的理由。」

「凶手」對『夢托邦』瞭若指掌，可以在第一天就把翔太混入我們之中，而且還知道其他人根本不瞭解的殺人條件——為什麼有辦法做到這些事，就是因為參加過兩年前進行的、最後發生了悲劇性的結果而無法公諸於世的「另一個實驗」。那個實驗的唯一「倖存者」是二十多歲的女性，代號是「K」——。

「『K』就是『奏音』（Kanon）的縮寫。」

奏音聽完之後，似乎覺得莫名其妙，對阿虻的說法一笑置之。

「太可笑了，而且你有什麼證據可以證明這裡有當時的『倖存者』？」

阿虻無言以對。

「不光是這樣而已。舉例來說——」

動機。為什麼要殺他們三個人？

「而且最重要的是，我要用什麼方法殺害他們？因為蝶蝶的提醒，大家都很警惕，隨時避免失去『自覺』，在這種情況下，我要怎麼殺他們？」

阿虻的「且走且看，見機行事」果然碰了壁。因為手上的牌太脆弱，即使面對這些理所當然的反擊，也無法出示任何證據。

「我反而懷疑是你，因為你也很可疑。」

奏音咬牙切齒地說完這些話，看向屏氣斂息地看著這一切的皆笑。

「皆笑，妳也快點說吧，他才是『凶手』。」

但是皆笑把書包緊緊抱在胸前，默默地搖了搖頭。恭平覺得她的眼神中帶著「好奇心」。

奏音似乎察覺到皆笑決定不插手，仍然把槍口對著阿虻的左胸，再度展開反擊。

「而且你隨時都鎮定自若。」

「沒這回事。」

「當然有，你只有一次亂了方寸，就是巴士衝進音樂廳的那一次。其他時候，即使發生了命案，你也都泰然自若。」

「蝶蝶不是也一樣嗎？」

雖然恭平有一種被流彈波及的感覺，但覺得阿虻的話也有道理。因為事先從蜂谷口中得知了許多情況，所以和其他「普通參加者」相比，即使面對眼前發生的命案也不至於太驚慌，但不得不說，只用這樣的理由就認定阿虻是「凶手」也未免太粗暴了。由此可見，奏音懷疑阿虻的理由並沒有充足的根據，她自己應該也很清楚這一點。她撥了撥一頭鬈曲的金髮，露出挑釁的眼神改變了話題。

「我倒是想請教一下，你在音樂廳的時候為什麼會亂了方寸？」

阿虻明顯慌了手腳。

「你害怕鋼琴嗎？還是說，你對巴士有不好的回憶？」

「和妳無關。」

「我對你背負的『問題』沒有一絲一毫的興趣。」

「彼此彼此。」

「你到底有什麼目的？這個世界是我們『造夢人』最後的希望，我相信對你來說也一樣。你為什麼要破壞這個世界？」

恭平這時才發現，這是她的計謀。她用挑釁的方式讓阿虻陷入慌亂，然後等待他露出馬腳。果真如此的話，她算是成功了，因為阿虻現在完全處於和她「脣槍舌戰，相互攻擊」的狀態。

「這也是我要問妳的問題。」

「根本沒辦法繼續說下去。」

她手上的槍消失了。她內心的不屑更勝於恐懼。

「你認為全都是我演出來的嗎？在湖畔，紅葉用刀子對著我，我說不出話來，和看到滑川被鯊魚吃掉昏過去，都是我演的嗎？」

就在這個剎那。

明確的念頭浮現在腦海中。那疊影印的紙——是「夢境日記」。那些紙一張一張被吹走，最後只剩下「第一天」那一頁。

——上次我醒了之後，那根繩子怎麼樣了？

——消失了，在你清醒的同時消失了。

喀答一聲，一片拼圖放進了正確的位置。

——原來是這樣。

恭平終於瞭解自己忐忑不安的原因。關鍵就在「第一天」的內容——每天晚上都若無其事地出現在『夢托邦』的「凶手」的確留下了證據。

「怎麼了？」

恭平發現所有人都看著自己。

「你一動也不動。」

當然啊。因為——

「我知道了我們遇到的第一個謎題的答案。等你醒了之後，請你再確認一次，再確認一次『夢境日記』的『第一天』——最重要的是**順序**。」

6

恭平醒來之後，連滾帶爬地下了床，走向放在房間角落的背包。

——希望自己記錯了。

他隱約有種預感，這是無法實現的願望。自從上次去了東北那趟奇特的旅行之後，他就沒有再翻開阿虻的「夢境日記」——他重新看了第一頁。那裡從一開始就明確地記錄了一個事實，明確得有點殘酷地記錄了**把翔太混入『夢托邦』的那個人**。

恭平套上連帽衫、穿上球鞋，衝出了公寓。殺人的「凶手」另有其人，不，他希望另有其人。他帶著這個祈禱，不顧一切地奔跑。忘我地、發瘋似地奔跑，彷彿想要拋開一切。缺乏運動的身體發出了慘叫，膝蓋的關節發出了擠壓的聲音。不知道是不是進入肺部的氧氣不足，不知不覺間下腹部隱隱作痛，但他仍然咬著牙，一個勁地奔跑，最後來到——。

手機在口袋裡震動。

「你在哪裡？」

「我不知道。」

「我現在可以去找你嗎？」

「阿虻，你也發現了嗎？」

恭平站在陌生的街角，仰頭看向天空。天空中飄浮著棉花雲，秋日的晴朗天空中，並沒有「她」的身影。

「對啊，聽了你的提議後，我看了所有的內容。」

「然後呢？」

「不用懷疑。而且，如果我的推理沒錯……」

電話的另一端傳來了悲痛的嘆息聲。

「『真相』完全超乎想像。見面之後再告訴你詳情，但我認為整件事——」

恭平握著手機的手無力地垂了下來。喂，你有沒有在聽我說話？他無視大聲叫喊的阿虻，茫然地邁開了步伐。大量汗水噴了出來，胸口上下起伏，耳朵只聽到從身體深處湧現的急促呼吸聲。喂，蝶野，請你回答我，你現在人在哪裡——。

「咦？」背後傳來驚叫聲。

回頭一看，身穿水手服、背著書包，一身熟悉打扮的皆笑站在那裡。

「蝶蝶？」

她瞪大了眼睛，然後像是想起什麼似地拿下了耳機。

「妳怎麼會在這裡？」

「因為這是我上下學的路啊。」

「不是妳吧？」

她一臉害怕的表情抖了一下，繃緊了身體。

「所有的『凶手』——不是妳吧？」

「啊？怎麼了？」

「快告訴我不是妳幹的！」

——是啊，就徹底摧毀啊。

——人生不如意事，十常八九。

——蝶蝶，如果明天就是世界末日，你會和誰在一起？

腦海中回想起和她相處的日子。這是夢境？還是現實？都無所謂了，無論別人說什麼，這絕對是「真的」。

——所有命案的「凶手」都是皆笑。

就在剛才，阿虻如此斷言。雖然已經做好了心理準備，但聽到別人這麼說，還是無法相信。為什麼？她為什麼會做這種事？

「拜託妳告訴我！告訴我，妳不是『凶手』。」

「不要，你不要過來。」

皆笑露出冰冷的眼神，讓恭平清醒過來——她的眼中沒有害怕，而是明確的敵意。

「我之前就發現了。」

「發現了什麼？」

「你上次是不是『創造』了我？」

恭平感到全身發燙。

——怎麼可能？

那天他釋放了壓抑在內心的慾望，像禽獸般『創造』了她，出現在自己眼前。原來她發現了這件事。不，她不可能沒發現。即使只是短暫的剎那，也能夠立刻知道那個人是不是「自己」。

「你當時想對我做什麼？」

「妳誤會了。」

眼前的一切突然變成了慢動作，皆笑瞪著自己，緩緩把手伸進書包，在書包裡摸索了一陣子，當她的手從書包裡伸出來時，手上拿著——。

——原來是這麼一回事。

難怪阿虻剛才在電話的另一端一個勁地大喊：「你有沒有在聽我說話？」自己應該是在和他通電話時發作了，難怪眼前的街道十分陌生。平時常常無法馬上意識到誤以為「這裡是現實」的認知錯誤，幸好今天很快就發現了。因為他知道在真實世界中，女高中生不可能有手槍。

「趕快告訴我，這裡是夢境。」

第一次發作時，皆笑立刻提醒他。當時她指了指頭頂，指向在購物中心天花板附近飛舞的「蝴蝶」。相較之下，這次也未免太不友善了。

「你是認真的嗎？」

皆笑目瞪口呆地說，說話的聲音在發抖。

事到如今，為什麼還要演這種一眼就會被人看穿的戲？

「那妳手上的槍是從哪裡來的？」

「是滑川給我用來防身的。」

這時，不平靜的風吹進了恭平的內心。

——她們其中一人手上很可能有真槍。

恭平感到不安，忍不住抬頭確認。

這是他至今為止，每次失去「自信」時，重複過數十次、數百次的基本動作。

他說不出話來，只能愣在原地。

一望無際的藍色天空中，找不到「她」的身影。

「這是現實。」

她又露出了那種微笑。

「怎麼可能有這種事！」

「不，這裡是現實。」

到底是夢境，還是現實？每次都會告訴他答案的「蝴蝶」突然消失不見了。不，也許並不是消失，而是從一開始就沒有在天空中飛舞。果真如此的話，那就如她所說，這個世界是——。

7

整個世界只聽到自己的心跳聲。

自己似乎還活著。

「妳說這裡是現實？」

恭平試著『創造』，但眼前的世界沒有發生任何變化。這也是理所當然的事，因為此時此刻，自己無法判斷，也就是處於失去「自覺」的狀態。

「對啊。」

「但是，既然妳手上有滑川的槍，代表妳就是『凶手』。」

「為什麼？」

為什麼呢？仔細思考之後，發現好像不能憑這點就斷定她是「凶手」，早知道應該仔細聽阿虻剛才的分析。

「妳不要轉移話題。」

無論如何，自己顯然已經窮途末路。早就超過十秒了。即使這裡是『夢托邦』，只要現在被槍打中，大腦一定會誤信。

「事到如今，那就乾脆把話說清楚。」

既然這樣，現在只能做一件事，那就是拖延時間。雖然不知道皆笑用什麼方式消除了

「蝴蝶」，但只能對這裡是夢境抱著一線希望，等待「自然清醒」。

「是妳把翔太混進這裡，這件事絕對不會錯。」

「是嗎？」皆笑歪著嘴角，似乎覺得很有趣。

「為什麼？」

只要看了「夢境日記」中「第一天」的內容，馬上就知道了。

最重要的是出現在『夢托邦』的先後順序。

「因為只有在『夢托邦』的人才能夠『創造』。」

今天早上，奏音在『夢托邦』說的話，讓恭平發現了這件事。

——你認為全都是我演出來的嗎？在湖畔，紅葉用刀子對著我，我說不出話來，和看到滑川被鯊魚吃掉昏過去，都是我演的嗎？

「我也因此得知，『創造』滑川屍體的人不是奏音。因為那天**她遲到了**，**在她到達之前，屍體就已經漂浮在海面上**。」

——上次我醒了之後，那根繩子怎麼樣了？

——消失了，在你清醒的同時消失了。

當「生母」醒來，「孩子」就會消失。這個發現很重要，但是，還有一件更理所當然的事。

那就是如果沒有「生母」，就不可能生下「孩子」。

「根據阿虻的『夢境日記』，在他到達之前，妳和翔太就已經在教室了。」

阿虻的「夢境日記」中這樣寫著：

『**最先出現的是兩個年輕人**，在我之後出現的是氣質出眾的老婦人京子——』

而且和他在真實生活中第一次見面的那一天，他也說了同樣的話。

——至今我仍清楚記得「實驗」第一天的事。

——我去教室後，看到皆笑和翔太在那裡。

所以恭平才會宣稱自己「知道了」他們遇到的第一個謎題——誰讓翔太混入了『夢托邦』的答案。在計畫的第一天，阿虻出現在『夢托邦』之前，只有她能夠「生出」翔太。

皆笑聽完他的說明後冷笑一聲。

「這種推論根本無法成為證據。」

「為什麼？」

「那我反問你，你為什麼認為那上面寫的內容都是事實？」

「因為——」為什麼要說這種謊？如果為了說謊寫了那麼多「夢境日記」，真的太不正常了。

「就這樣而已？你相信『夢境日記』的理由是什麼？」

「什麼叫就這樣而已——」

「應該是為了陷害我。」

「怎麼可能？」

「你仔細回想一下，翔太的屍體出現的那一天，阿虻清醒之後發生的事。」

恭平完全不知道她想要說什麼。

「那我告訴你，在他清醒的同時，翔太的屍體就消失了。」

那個瞬間，恭平帶著戰慄站在那一天的操場上。

——翔太的「屍體」消失了。

但是他還來不及告訴大家，自己就回到了現實。那的確是在阿虻清醒之後發生的事。

——上次我醒了之後，那根繩子怎麼樣了？

——消失了，在你清醒的同時消失了。

「妳說謊。」

「但是你記得這件事，對不對？」

正因為是阿虻『創造』的「屍體」，所以在他清醒之後，「屍體」也跟著從『夢托邦』消失了嗎？不可能有這種事，有沒有其他可能性——。

「即使是這樣，還是妳『創造』的，妳可能配合阿虻清醒的時間進行了『重設』。妳想問為什麼要這麼做？目的就是為了在像現在這樣遭到質問時可以推托。」

「那倒是，只不過無法證明到底誰對誰錯。關鍵在於你相信誰，就這麼簡單而已。」

很遺憾，她說的沒錯。包括「夢境日記」在內，如果阿虻所說的一切都是虛假的，形勢就會再次翻轉。

「你剛才說，他在真實世界把『夢境日記』交給了你。」

皆笑一臉嚴肅地繼續追問。

「你認為他有什麼意圖？」

「這——」

「他的目的就是讓夢境和現實的界線變得模糊不清。」

——但這個「實驗」有一個絕對必須遵守的規定。

——絕對不可以在真實世界和其他『造夢人』接觸。

恭平已經無法相信任何事了。

「阿虻竟然做這種事？」

「我怎麼了？」

皆笑聽到說話聲，立刻把槍口對準了他。

「真是甘拜下風，簡直太完美了。」

回頭一看，發現阿虻好像投降般舉起雙手站在那裡。

「阿虻，」恭平費力擠出沙啞的聲音，「是你嗎？」

他沒有回答，只是靜靜地持續搖頭。

——不可能有這種事。

他那麼積極地追查「凶手」，那麼真切地表達自己對「凶手」的憤怒，結果他才是殺人魔？

——他的目的就是讓夢境和現實的界線變得模糊不清。

雖然恭平很希望自己可以相信阿虻，但皆笑的話一直在腦海中揮之不去。

「幸好我遲到了。」

阿虻仍然高舉著雙手，嘴角上揚，露出了笑容。恭平覺得他的雙眼充滿了「光」，但並不是所謂「扭曲的希望燈火」，而是更加充滿自信，帶著不可動搖的信念的「光」。

「什麼意思？」

「意思？」

「請你告訴我所有的答案。」

「好，我當然打算這麼做。」

恭平發現了一件事，發現他的右手也拿了一把槍。

「惡夢結束了。」

晴天中響起兩聲槍聲。

尾聲

「這麼晚才來。」

穿著羽絨衣的蜂谷揮著手。雖然已經四月了，但北方的日本海沿岸地區仍然很冷。

「這是給你們的。」

蜂谷遞上一本節目冊，令人聯想到木頭質感的設計時尚而有品味，給人一種很溫暖的感覺。

「不好意思，為了以防萬一，我可以多拿一本嗎？」

「啊？多拿一本？」

「啊，對不起，這是我的習慣。」

恭平身旁的彩花深深鞠了一躬。

「好久、啊，不對，是初次見面。我姓蜂谷，妳是彩花吧？那裡還有很多，再多拿一本應該也沒問題。」

時間過得很快，距離上次的偵探遊戲已經過了將近半年的時間。

「所有人都到齊了？」彩花打量著周圍問道。

「不，可能還有另一個人會來。」

恭平的手機還沒有接到電話，那個人來這裡的可能性大約是五成，但是，即使那個人來這裡也可能不會和恭平聯絡。

「沒想到小恭竟然會說『想去聽鋼琴演奏會』。」

「對啊，八成馬上就睡著了。」

蜂谷趁機揶揄一番，恭平沒有理會他。

「蜂谷，你真有趣。」

「彩花，妳平時都聽什麼音樂？」

「我最愛的是一位女歌手。」

喔，我也知道那個歌手。蜂谷迎合著彩花。那個「實驗」結束的同時，他也從夢公司離職了，照理說，他目前正在緊鑼密鼓進行「求職活動」，沒想到竟然連時下的流行都一手掌握。

「啊，原來你也知道她。她以前當街頭藝人時，我就已經是她的歌迷了。她獨特的世界觀真的很迷人，在無盡的宇宙，尋找一個人的故事——」

恭平對他們的音樂討論左耳進，右耳出，很自然地看著節目冊的封面。上面介紹的曲目——幾乎所有的曲目都很陌生，但知道其中兩首，其中一首，就是他親口告訴自己「喜歡的樂曲」。

——我們可以在夢中告訴對方某個暗號，可以是數字，也可以是密碼。

——如此一來，不就可以證明自己曾經在夢中了嗎？

問題在於另一首光輝燦爛的開場曲目——那絕對是很適合作為開場曲的傑作。但如果這樣講解，彩花一定會起疑心。因為恭平以前從來沒說過想聽鋼琴演奏會，怎麼會知道這些知識？要說明其中的理由就必須讓時間稍微倒轉。當然就是半年前，藍天中響起兩聲槍響的那一天——。

*

他緩緩睜開眼睛，似乎並不是自己被打中。

「這裡是夢境吧？」

阿虻高舉著右手上的槍。他剛才應該是對著天空開槍。雖然他的左肩被鮮紅的血染紅一片，但他的表情很開朗。回頭一看，皆笑舉著槍口冒著白煙的手槍，渾身發著抖。

「為什麼？」

這句話就是「答案」。

「妳是問明明沒有『蝴蝶』，我卻知道這裡是夢境嗎？」

阿虻手上的槍在瞬間消失了——恭平見狀才終於產生了確信，但也和皆笑一樣感到很困惑。

「蝶蝶，你認為是為什麼？」

「我不知道。」

「你回想一下，如果在現實生活中，有人拿槍指著我。」

阿虻和剛才一樣，做出了**高舉雙手**的姿勢。

恭平頓時瞭解了一切。

——我遇到了車禍。為了活下去，只能截肢。

他一直深受幻肢痛所苦，他每天都在理想和現實的縫隙中痛苦掙扎。但是他在剛才終於承認了，在被槍口指著的情況下，**高舉起雙手的他**並不是真正的他。

「不好意思，讓你受驚了。但是我還是想確認一下，皆笑是否真的會毫不猶豫地向我開槍。」

所以他在轉眼之間『創造』了一把槍，表現出想要傷害皆笑，讓皆笑向他開槍。

「現在就來揭曉謎底。」

他知道皆笑是所有命案的「凶手」後，在和恭平通電話時，恭平突然沒了聲音。於是他察覺到，恭平的嗜睡症很可能發作了。而一旦真的如此，情況就太危險了。

「因為『凶手』能夠自由自在地讓『蝴蝶』消失。」

恭平懷疑自己聽錯了，他完全不懂阿虻說的意思。

「不是既無法消除，也無法殺死『蝴蝶』嗎？」

「對，沒錯。如果是『蝴蝶』本尊的話。」

「啊？」

「她在中途調了包，換成了她『創造』的分身。」

之前他們一起驗證這個世界的規則時，他第一次想到這種可能性。值得注意的是關於

「蝴蝶」的第二項規則，「無法離開『蝴蝶』超過一百公尺」──他看到手上那條一百公尺的繩子鬆鬆地垂下時，想到了「也許」的可能性。

「當時離開不到一百公尺，身體不是無法動彈嗎？既然這樣，就很自然地會認為在我們面前飛來飛去的是『分身』，本尊在其他地方。我看到外星人入侵那一天的『夢境日記』，確信了這件事。」

「為什麼？」

「那天我們一起飛向頭頂上方的母船時，發生了什麼事？」

「我記得這件事。」

恭平載著皆笑飛上天空時，突然無法前進，好像被肉眼看不到的膜包覆般，而且所有人都同時遇到這種情況。

「那不是很奇怪嗎？我們在天空中被困住時，『蝴蝶』不是就在我們旁邊飛來飛去嗎？」

是這樣嗎？恭平努力回想，立刻想起了一段對話。

──你是因為害怕，所以突然停下來嗎？

──可能是因為妳太胖，所以超重了。

──你這個人很不解風情，真的超沒品。

當時他的後腦勺被打了一下，於是再次催了油門，但機車還是無法前進。不一會兒，「蝴蝶」飛到了眼前──。

他終於恍然大悟。

「原來如此，的確很奇怪。」

「如果當時在我們周圍飛來飛去的『蝴蝶』是本尊，我們不可能無法動彈。因為我們和『她』之間的距離，比我們在地面上時更短，無論怎麼看，在那個瞬間都不可能相距超過一百公尺。」

沒錯。在頭頂上方的母船發射主砲之前，自己還伸手去抓「蝴蝶」。

「但是，我們仍然動彈不得。」

「理論上，我們只有遠離『蝴蝶』時才會無法動彈，也就是說，『蝴蝶』本尊在和我們行進方向相反的地方。」

「你是說——」

「**在地上**。皆笑，可以讓我看一下裡面的東西嗎？」

阿虻突然對皆笑說，皆笑用力把書包抱在胸前。

——妳把這個帶在身上去打仗不是很礙事嗎？

——妳要不要放在這裡？我負責幫妳保管。

——別擔心，我絕對不會讓外星人拿走。

恭平想起出擊前的對話。翔太倒數計時之際，皆笑猶豫再三，最後把書包交給了京子，留在地面。

「因為妳把『蝴蝶』本尊藏在裡面，所以才隨時帶在身上吧？」

皆笑咬著嘴唇瞪著阿虻，最後終於放棄了，垂下肩膀，順從地打開了書包。恭平探頭一看，發現「蝴蝶」在昆蟲箱內拍打著翅膀掙扎。

——趕快抓住桌子！

——現在不要管這種東西了！

那次因為彩花搖晃自己的身體，夢境中的咖啡廳劇烈搖晃。當時，皆笑不顧自己的危險仍然去拿書包。如今，恭平終於知道了其中的理由。

原來如此。難怪她能夠輕易奪走目標的「自覺」。

關鍵在於所有人在『夢托邦』養成習慣的基本動作。

——如果即使如此，仍然快要忘記自己身處夢境之中，就可以尋找「她」的身影。

——那是『夢托邦』的絕對象徵。無法消除，也永遠殺不死。

這裡到底是夢境，還是真實世界？一旦產生猶豫，每個人都仰賴「她」，結果就變得太依賴「她」了。因為這個緣故，當在天空中找不到「她」的身影時，就完全束手無策。

——『創造』的物品只能由創造的本人消除。

——這是和『創造』相反的行為，也就是『重設』。

想要奪走目標的「自覺」時，只要把自己『創造』的「蝴蝶」分身進行『重設』就好。既不需要把目標逼入死角，也不需要用眼罩遮住目標的眼睛。這是最輕鬆，也是最絕對的方法。

「但還是很奇怪。」

據現在已經去世的紅葉說，最初是翔太提出要抓「蝴蝶」。

——凶手可以讓翔太說出自己難以啟齒的事。

「蝴蝶」雖然無法消除，也永遠殺不死，但是不是能夠在捕捉之後藏起來？她想到了這個主意，然後由翔太提議來抓，實際試一下。結果就成功了——。

「當時有好幾個人，花了很長時間才終於抓住。」

當時是奏音、翔太和紅葉三個人都一起抓「蝴蝶」。如果她比目標更早來到『夢托邦』，或許有足夠的時間獨自抓到「蝴蝶」。

「難道你要說，每次都事先來抓『蝴蝶』嗎？」

雖然並非不可能，但是難以想像每次都要這麼大費周章，而且在殺害西村清美時，根本不知道她什麼時候會睡覺，算是「突然襲擊」的狀況，不可能事先捕獲「蝴蝶」，然後藏起來。

「誰說『**每次**』了？」

「啊？」

「這是本案最大的重點，也是解開所有謎團的關鍵。」

皆笑露出心灰意冷的淡淡笑容，阿虻則露出憐憫的眼神看著她。

「妳是不是有遷延性意識障礙——也就是俗稱的植物人？」

*

「太厲害了。」

彩花語帶佩服地嘀咕。小小的市民禮堂幾乎快坐滿了。

「畢竟是相隔數年的凱旋公演。」

恭平在說話的同時，想起了之前在『夢托邦』的事。鑲了彩色玻璃的天花板，還有散發出一種莊嚴的感覺支撐著天花板的牆壁。眼前的這個市民禮堂，無論是劇場的規模、建材的品質，以及音響設備，都無法和當時的音樂廳相提並論。

恭平再次拿出了節目冊。

『虻川光隆　鋼琴獨奏會　——夢的彼岸——』

上面完全沒有「復活」、「單臂」之類感傷的文字。

——我討厭這種感傷的感覺。

——我並不是想要博取同情。無論是以前還是現在，我仍然是我自己。

恭平抬起頭，看向正前方的舞台。舞台中央有一台很大的平台鋼琴。

——如果可以實現一個願望，你希望在『夢托邦』做什麼？

他已經忘了自己當時怎麼回答，八成是說過就忘的無聊內容。

——我是認真發問。

但是，她不一樣。她有真心想要實現的願望。

「彩花，妳還記得皆笑嗎？」

恭平在發問的同時，思考著上一次像這樣和彩花面對面是什麼時候，可惜完全想不起來。自己始終都在逃避，自以為是悲劇英雄，是藉由向她發洩無處宣洩的憤怒和鬱悶，才總算忍住眼淚的膽小鬼——所以至少今天要鼓起勇氣面對。

「就是我之前說夢話時提到的名字。」

「喔，我想起有這件事。」彩花笑著說。

「那是經常出現在我夢中的女生的名字。」

「嗯。」

「她拜託我一件事，雖然我完全不瞭解其中的意思。」

*

——為了避免誤會，我必須澄清一件事，並不是腦死的人。

——而是有遷延性意識障礙，也就是俗稱的植物人會做夢。

恭平腦海中浮現了之前在電視上看到的畫面。一個戴著銀框眼鏡的男人用充滿理性的語氣說明。他在電視上說，雖然必須同時符合幾個條件，但有好幾個實例證明，植物人一直在做夢。

「雖然我難以置信，但如果是這樣，就可以合理說明所有情況，所以我就按照先後順序說下去。首先，最令人匪夷所思的是——為什麼「凶手」能夠在西村清美開車時睡著的「那個瞬間」精準下手？和滑川、京子時不同，顯然不可能「事先約好」。

「既然這樣，就代表『凶手』很可能採取守株待兔的方式，但這也會產生另一個疑問，那就是自己睡覺的時候，未必對方也在睡覺。」

雖然左思右想，但最後還是認為找不到答案。

「就在這時，我突然想到以前曾經在電視上看到的採訪特輯。」

然後終於恍然大悟。有一種「狀況」可以確實在『夢托邦』遇到不知道什麼時候會睡覺的目標。

「所以，我在這個前提下重新思考一遍。首先注意到的是——」

傳統手機和MD隨身聽這種現在已經很少見的東西——原本以為只是皆笑的「懷舊興趣」，但他最後想到了另一種可能性。

「妳是不是根本不知道？因為妳的時間就停在了那一刻。」

恭平最先想起了一段對話。那是在「世界末日」那一天，在大樓屋頂上的對話。他提出等一切都結束之後，兩人一起去看電影的邀約，但她開始把玩傳統手機，顯得有點不知所措。當時他問了她。

——我之前就想問，妳為什麼不用智慧型手機？

——智慧型手機？

——妳父母管很嚴嗎？

皆笑聽了之後，匆匆改變了話題。恭平當時不知道其中的原因，但現在終於知道了。因為在她的字典中，根本沒有「智慧型手機」這個單字。

不，不光是這件事。媒體大肆報導了西村清美車禍的事，她卻完全不知道這個新聞。

「難怪妳能夠在西村清美開車睡著的『那個瞬間』下手。」

恭平每次嗜睡症發作，意外造訪『夢托邦』時，她總是在那裡。那並不是因為數學課太無聊，或是因為她在睡午覺，更不是所謂命運的惡作劇，而是**因為她一直都在『夢托邦』**。根本不需要算準時間和目標在相同的時間睡覺，也不需要一次又一次捕捉「蝴蝶」。

「自從那天他們三個人在公園的山丘上抓到『蝴蝶』之後，本尊就一直在妳手上。用什麼方法做到？很簡單，因為妳『創造』的昆蟲箱在其他人醒了之後，仍然會留在那裡，妳只要撿起來就好。」

恭平回想起翔太和奏音挑戰抓「蝴蝶」那天的事。

——哇！太棒了！你們看，現在該怎麼辦？

——這種時候該怎麼辦？

然後，在奏音的捕蟲網中掙扎的「蝴蝶」，就被轉移到皆笑『創造』的昆蟲箱裡了。

——真是的，明明不敢碰昆蟲。

——小心別讓「蝴蝶」逃走了。

當「生母」醒來之後，「孩子」就會消失，但是只要「生母」繼續睡著，就可以憑自己的意志讓「孩子」持續存在。為什麼？

──『創造』的物品只能由**創造的本人**消除。

沒錯，只要當事人不想『重設』就無法消除。

因此，只要她不醒來，「蝴蝶」本尊就會一直被她關在昆蟲箱內，然後她把昆蟲箱藏在她的書包裡，再把「分身」放到天空中──關鍵在於即使是「分身」，也能夠打造出和「無法消除、也永遠殺不死」的本尊相同的規格。因為在『夢托邦』，甚至可以創造出擁有「子彈打不死」這種特性的「不死狗」。

「還有一個決定性的證據，那就是我從來沒有看到妳出現在『夢托邦』的瞬間，也沒有看過妳清醒消失的瞬間。」

「這──」

但是恭平聽了之後，有一種恍然大悟的感覺。他也不曾看過皆笑比自己更晚出現，也沒有她比自己更早消失的記憶。正確地說，曾經有一次看到她的身影變得有點模糊。

「請妳告訴我，妳到底發生了什麼事？」

沉重的沉默──然後，她嘆了一口氣，靜靜地開了口。

「我一直都很孤單。」

「什麼？」恭平聽不懂這句話的意思，忍不住反問。

「在經過漫長得幾乎快發瘋的日子後，一個男人出現在我面前。」

那個男人對她說：

「終於成功了，妳不會再孤單一人。」

「怎麼可能？」

「沒錯，我一直都是『白老鼠』。在這次『夢境計畫』的很久以前就一直是『白老鼠。』

那個男人就是夢公司的創辦人，目前擔任董事長的榎並，他利用有遷延性意識障礙的她持續進行研究。根據他在夢中所說的情況，他們是在二〇一〇年成功地把晶片植入成為植物人的她的腦中，維持「清醒夢」的狀態，然後又花了五年的時間完成「共享夢境」，榎並是在二〇一五年成功地在夢中和她「初次見面」。

「在植入晶片之後，我一個人熬過了簡直就像永遠的時間。雖然有各種不同的『出場人物』出現，但我知道這裡是夢境。」

植入晶片後，她的前額葉皮質擺脫了「心象洪水」，可以隨心所欲地思考、想像和做出決定。經歷被幽禁在沒有止境的夢境——難以想像的孤獨後，榎並終於出現在她面前，接著對她說：

「以後就可以和很多人一起共享，所以妳再忍耐一下。」

兩年前，一切準備就緒後，開始進行「最初的實驗」——參加者總共有三男兩女。

「起初一切很順利，但是——」

有一天，那幾個男人勾結在一起，撲向其中一名女性實驗對象。反正這裡是夢境，無論做任何事都不會有問題。那些男人失去了自制力，逞慾為非作歹，那個女人當然會想要殺了他們。

「所有夢想都可以實現的世界，可以成為理想中的自己的地方——我意識到這根本是胡說八道，這裡只是一個無法無天的地方，於是拿起了槍，拯救那個女生。」

陰沉的天空中響起槍聲，有個男人尖叫著消失了。那天之後，瘋狂就支配了這個世界，勉強維持「自覺」的人都紛紛拿起了武器，開始相互殺戮。

「只有我一個人活了下來。因為我絕對不可能失去『自覺』。」

她根本不會為這裡究竟是夢境還是現實這個問題煩惱。因為她流連了漫長歲月的這個地方當然是在她的夢中，**同時也是現實**。

「所以，」阿虻的嘴唇顫抖，「妳到底幾歲？」

恭平也在計算相同的事。自從得知她是『幽靈計畫』的唯一倖存者，這個可怕的可能性就一直盤旋在他的腦海中。

——差不多是現實的兩倍速。

——也就是說，如果你睡了五個小時，在「那裡」就是十個小時。

他想起在那趟「東北奇特旅行」的回程路上，和蜂谷閒聊的內容。

——不知道『夢托邦』有朝一日，是否能夠成為大家眼中理所當然的事。

——第一支智慧型手機是二〇〇八年在日本上市的，短短十二年之間，我們的生活方式就發生了巨大的變化。

她是在十年前的二〇一〇年植入晶片，但是，她並不知道智慧型手機，甚至不是高中生，只是她的「自我認知」停在那裡。

「現在是西元幾年？」

皆笑微微歪著頭，露出自嘲的笑容。

「二〇二〇年。」

「那我今年三十歲。」

「怎麼可能！」

但如果是這樣，就完全吻合了。

「兩年前，我在現實世界是二十八歲，也就是二十多歲的女性。」

「怎麼——」

「再順便說明一下代號『K』。如果我說出來，蝶蝶可能就會發現。你還記得我和妹妹兩個人經常玩的遊戲——『祕密聯絡方式』和『尋寶遊戲』嗎？」

「這到底——」

「我的父母很早以前就離婚了，妹妹跟著媽媽，我留在岩手縣的鄉下，妹妹去了東京。妹妹可能很寂寞，她在九歲生日的幾天前，哭著打電話給我，說想和我見面。」

「不會吧？」

一切都像骨牌倒下般，所有的事都漸漸釐清了。

「所以在她生日的當天，我搭上頭班車前往東京。」

——在我們交往之後，希望你能夠答應我一個「任性的要求」。

——在我生日當天，沒辦法和你見面。

彩花和恭平開始交往時，提出了這個「奇怪的條件」。而且她曾經說過，她是四人家族中的**么女**，從小父母離異，目前和母親兩個人一起生活。

——從「松濱」往「新花卷」方向，往北兩公里處。

——就是事故現場。

彩花一到「松濱」，就目不斜視地直奔圖書館。

——我常常和妹妹一起玩，也經常想只屬於我們兩個人玩的遊戲。

——我們還設計了「祕密聯絡方式」以備不時之需，並在彼此的生日時玩「尋寶遊戲」。

彩花在圖書館拿了一本書，然後利用封底作為媒介通信。這的確是一種「祕密聯絡方式」。不，不光是這樣，彩花回到東京後就直奔西口本。她一定是按照信上的指示。沒錯，她是不是**在生日當天去「尋寶」**？

——她比我小六歲。我們也一起捕捉昆蟲。

——那時候妹妹差不多就和那個孩子一樣大。

那次在「櫻葉公園」時，她看著紅葉『創造』的女兒這麼說。如果皆笑今年三十歲，和前幾天滿二十四歲的彩花之間的年紀差距也剛好吻合。

——就是那一天。

——和你女朋友的生日同一天。

「二〇〇五年十月二日，我的時間就停在那一天。」

恭平忍不住閉上了眼睛。他的眼前浮現那一天和蜂谷一起搭乘的區間車車窗外的風景，然後漸漸變成了今天早上的斷崖絕壁，站在那裡，看起來像是阿虻的男人這麼說。

——「K」就是「奏音」（Kanon）的縮寫。

不對，完全不對。

「我相信你已經知道了，**我的名字並不叫皆笑**。」

彩花夾在《夢的解析》封底內側的那個淡藍色信封上，寫了收信人的名字。所有的線索都連了起來，同時發出了聲音。

——我很害怕晚上睡覺。

彩花是在最初認識她的聯誼時，說了這句話嗎？

恭平一直以為只有自己而已，從來沒有想過，其他人或許也和自己一樣被困在惡夢之中。他以為只有可憐又倒楣的自己整天被惡夢糾纏。他藉由相信這件事，努力保持著虛假的平靜。

——也許是因為我不捨得「今天」結束。

正因為這樣，才會沒有發現這句話是「謊言」。完全沒有想到彩花之所以害怕晚上睡覺，是因為幾乎每天晚上都會出現的惡夢，和永無止境的自責。雖然自己一直在彩花身邊，卻始終沒有發現。

「我的名字叫叶多（Kanata）——『叶』就是代表願望實現的意思，『多』是很多的『多』，但是，我不需要實現很多願望，從那天至今，我只有一個心願。」

不用懷疑了。

「彩花還好嗎？」

恭平在約會時嗜睡症發作，成為一切的開始。

「看到她走在大馬路上，我立刻就知道她一定是我妹妹。」

——你在哪裡認識彩花小姐的？

——都是以前的事了。

——正因為是以前的事，所以才想知道。

從恭平當時提到的很多事——她向來「多準備一個，以防萬一」的信條，以及每年生日都無法見面的「生日之謎」，皆笑更加確信了這件事，於是她改變了原本的計畫，在殺人之前先利用滑川。

「因為彩花曾經說，她的生日禮物想要手槍。」

——你真的有槍嗎？我想要槍，所以想在真實生活中和你見面。

皆笑說，她在滑川面前賣弄風情，滑川立刻就上鉤了。

——沒問題啊。但是，妳確認是真槍之後，就來飯店找我。

——到時候，我再把剩下的子彈交給妳。

內心充滿無恥慾望的滑川如此補充之後，按照她的指示前往神戶，欣然答應把裝了兩發子彈的手槍放在寄物櫃。

「佛洛伊德的《夢的解析》有什麼意義嗎？」

「喔，你說那個。」

雖然不會有人借，但圖書館絕對不會丟棄的書可以用來作為「祕密聯絡的方式」。年幼的姊妹發現了這件事，於是就一起去圖書館找到那本原文書。那本書雖然很珍貴，但幾乎沒有人看得懂，一直放在書庫內堆灰塵，所以完全符合她們的條件。

「於是我們約定好一件事。」

如果發生緊急狀況失去聯絡時，就利用這本書的封底告訴對方自己平安無事。從這個角度來說，被困在無止境的夢境中的現在就是這種時候，但她的身體陷入了沉睡。

「所以我請奏音幫忙。」

「某本書」在岩手縣南部「松濱町」的圖書館內沉睡，是否可以請妳幫忙把一封信夾在那本書的封底。

「奏音起初當然面露難色。」

奏音聳了聳肩，說自己沒有自信。於是皆笑向她說明了自己身處的狀況，因為父母離婚，一直無法和妹妹見面。自己因為某種原因無法離開病房，至少希望能夠告訴妹妹，自己平安無事，但連這麼簡單的事她都無法做到。

——想到妹妹可能每年都去約定的地方，內心就感到痛苦不已。

——因為她一定相信，有朝一日會收到我傳達給她的消息。

奏音瞭解狀況後，終於點頭答應了。

——皆笑，如果可以幫上妳的忙，我願意試試看。

——謝謝妳。不好意思，妳為自己的事就已經夠苦惱了。

——別擔心，我會盡力而為。

她向奏音說明了希望她寫在信上的內容——就是在神戶的飯店房間睡著的滑川告訴她寄物櫃的位置和密碼後，她拉著奏音的手說。

——慢慢累積一個又一個小小的成功經驗很重要。

奏音立刻前往「松濱町立圖書館」，按照皆笑的指示，把信夾在《夢的解析》的封底。那是滑川把槍放進神戶的寄物櫃之後，所以不是九月二十九日，就是三十日。

恭平想起了在圖書館時，那名女性圖書館員說的話。

——請問這本書最近很紅嗎？

——因為你已經是第三個人了。

——而且第一個人也是在前幾天借閱。

如今已經很清楚，「第一個人」就是奏音。

——我記得是一個女生，差不多二十多歲。

——一頭黑髮，看起來很不起眼……對了對了，我想起來了。

——她當時要求筆談。

恭平終於知道，之前在雨天的停車場，當奏音說自己在現實生活中，是一個「頭髮是黑色，穿的衣服也很土的不起眼女生」時，自己為什麼覺得有哪裡不對勁。因為他隱約記得，最近好像在哪裡也有聊到「完全沒有說一句話、一頭黑髮的不起眼女生」。

「不知道彩花有沒有拿到她的禮物。」

這時恭平想起那天吃晚餐時，她顯得格外高興。

——感覺妳今天和平時不太一樣。

當時她這麼說。

——這是因為今年有很多驚喜。

她從東北回到東京後，直接走進東海道新幹線驗票閘口的理由。她應該去了神戶。滑川是在九月二十七日死亡，五天後，有人拿走了寄物櫃內的東西。剛好就是十月二日，**彩花生日當天**。

——把寄物櫃裡的東西拿走的人絕對知道內情。

車站的監視器拍到了一個年輕女人。那個年輕女人既不是奏音，也不是「皆笑」，而是彩花。

「我還想追加一個願望。」

——我想見我妹妹。

——因為我有話想要告訴她。

恭平腦海中浮現了她那天說話時的側臉。

「任何願望都沒問題。」

「謝謝，那我希望你轉告她。」

＊

「她要我轉告，『為了以防萬一，裡面裝了兩顆子彈』。」

彩花驚愕地瞪大了眼睛。

「還有——」

恭平停頓了一下。寄託在逝去歲月裡的思念，他充分感受著其中的重量，回想起那天『夢托邦』的情況。

——彩花一定認為是她造成的。

——她一定很後悔，覺得如果自己沒有說「我想和姊姊見面」，這一切就不會發生。

這是此時此刻此地，自己必須完成的約定。

「她說『並不是彩花的錯』。」

彩花說不出話來——眼眶漸漸濕潤，然後就像潰堤般，大滴的淚水奪眶而出。她一直背負在身上的情感，一直壓抑在內心的情感。靜靜的嗚咽中帶著後悔和安心，她忘了擦眼淚，只是不停地搖著頭，似乎表示「難以置信」。

「是不是完全不瞭解其中的意思。」

「好奇怪的夢。」彩花吸著鼻涕，用力吸了一下鼻子之後，破涕為笑。

「但是夢不就是這樣嗎？」

「嗯，太奇怪了，根本不知道是什麼意思。」

「要不要我再說一次，以防萬一？」

「你很煩欸。」彩花輕輕戳著恭平，恭平在內心悄悄向她報告了一件事。是關於他擅自拿走那封信的事。

——啊？你要借佛洛伊德的《夢的解析》？

那天剛好遇到同一位女性圖書館員，對方內心可能覺得「怎麼又是你」，露出懷疑的眼神看著他，但他順利把信放回了原處。他當然沒有拆開那封信偷看。因為他不該看，而且也沒必要看。因為——。

「小恭，你相信託夢嗎？」

彩花完全不知道恭平內心的想法，自言自語地這麼問。她哭得又紅又腫的雙眼看不到平時的明亮，但仍然覺得她們很像。

「為什麼這麼問？」

「只是隨便問問。」

「我不太相信這種事，但是——」

——我已經轉達了。

這時，手機收到了訊息。

*

「我知道不該在這種時候發問，但在我清醒之前，無論如何都想知道一件事。」
阿虻清了清嗓子，眼神很銳利。
「什麼事？」
「妳那麼愛妳妹妹，為什麼？」
世界突然恢復了緊張的氣氛。
「什麼為什麼？」
「殺人的理由，以及妳知道殺人條件的理由。」
「喔喔。」她露出微笑，低下了頭。
「有時候我覺得自己快醒來了，意識浮現，就像從深海被拉到水面附近，可以聽到別人在我枕邊說話。」
恭平再次想起之前看過的資訊節目特輯。
——他們應該可以聽到我們的聲音。
——所以請不要放棄，要持續對植物人說話。
當主持人詢問榎並董事長對於植物人的「意識」的見解時，他這麼回答。這樣就可以解釋高速巴士衝進音樂廳之後，音樂廳內所發生的事。瀕臨死亡的阿虻揭發了滑川的死，在所有人都陷入一片混亂和恐懼時，她對著半空持續叫喊。

——救命！我在這裡！

——把我叫醒！求求你們！

恭平原本以為她是得知滑川在真實生活中也死了，因為難以忍受的恐懼而驚慌失措。

但是，事實並非如此。

當時，她聽到了站在她病床旁的人說話的聲音。

「那次相互殘殺之後的一段時間，都發生了相同的情況。我在那時候聽到，死去的那些實驗對象在那瞬間都解除了『清醒夢』的狀態，他們說是因為強烈的恐懼和不安導致的。」

所以在研擬殺人計畫的時候，她首先試著捕捉「蝴蝶」。那是上次實驗時所沒有的道具——一定是在反省之後設計的道具。事實上，每個人在即將失去「自覺」時，都會尋找「她」的身影。

「原來如此，我瞭解妳知道殺人條件的理由了。在瞭解這件事的基礎上，我想再問一個問題，妳為什麼要做這種事？」

她臉上露出了淡淡的微笑，阿虻繼續追問。

「是為了復仇嗎？」

「復仇？」

「向把妳關在這裡的人——『實驗』的主辦單位復仇。如果再有人死亡，可能會毀了整個『實驗』。」

原來你是這個意思。她似乎理解了阿虻的意思，歪著嘴角輕輕笑了起來。

「聽起來很合理的動機。」

「所以並不是這樣？」

「你們絕對不可能瞭解。」

她冷酷地咬牙切齒說道，手上再次出現了一把手槍。

「等一下，這是怎麼回事？」

阿虻驚慌失措，她瞥了一眼，朝著走在馬路對面的老人開了槍。槍聲響徹了整個住宅區——幸好子彈沒有打中，老人嚇得癱坐在人行道上瑟瑟發抖。

「妳在幹什麼？」

但是她面不改色。

「我剛才開槍打的人是誰？」

「八成是『臨演』，但即使是這樣——」

「**你們不一樣嗎？**」

她『重設』了手槍，目不轉睛地注視著阿虻。

「有什麼證據可以證明你們不是『臨演』？」

恭平在這個瞬間理解了所有的「構造」，完全說不出話來。

——你有什麼方法可以分辨出「有人刻意混入的異物」嗎？

在翔太死後隔天的教室裡，阿虻面對滑川的質問這麼回答。

——沒有人能夠保證你是「本尊」。

接著是在海岸旁的工業區。當阿虻從倉庫後方現身時，自己也問了相同的問題。因為這是在『夢托邦』內持續存在的「根源性問題」。

「你們證明給我看啊，證明你們是『本尊』。」

她根本無法分辨眼前的人是「真正的人」，還是自己的潛意識所創造出來的「出場人物」。

——七個不同年齡、性別和屬性的受試者在九十天當中，每天晚上都在夢境世界共同生活。

因為在真實生活中得知了這件事，所以才知道真的有這個「實驗」。

——我們可以在夢中告訴對方某個暗號，可以是數字，也可以是密碼。

雖然是事後驗證，但恭平和阿虻透過這種方式，證明雙方曾經在夢境世界。

但是，如果在真實生活中沒有接觸，就無法用這種方法。

——我們都是活在真實世界的人。

那是在翔太遭到殺害後，剛好在咖啡廳遇到奏音和皆笑時的事。奏音說她打算白天睡飽，然後單獨行動，恭平對她說了這句話。最好不要這麼做，因為在真實世界睡覺時，也可能會遭到攻擊。當時坐在同一張桌子旁的皆笑看起來一副事不關己的樣子——。

「對妳來說，**這種現實並不存在**。」

對她來說，也許一切都是夢。突然出現的榎並董事長、被植入的晶片，以及不忍卒睹的悽慘殺戮，還有這次的『夢境計畫』和參加者——。

她用力點著頭，說話的聲音微微顫抖。

「我會幻想很多事，然後就覺得眼前的人或許是活在真實生活中的人。果真如此的話，我的行為或許會對現實世界產生某些影響。如果不是用這種方式勉強和現實維持交集，我會發瘋，所以——」

所以她讓翔太混了進來。她想像參加者發現異常後，會在真實世界疑神疑鬼，就忍不住偷笑。這只是打發無聊的惡作劇，沒有更深入的意義。照理說是如此。

「但是，我後來決定改變方針。」

因為不久之後，她看到有一個男人對射殺路人樂在其中。

——完全不必在意他人的眼光，那才是真正的「為所欲為」。

——我開槍掃射那些『臨演』，殺個精光。

滑川玩膩了之後，開始強暴自己『創造』的少女，那些都是國中生或是高中生等未成年少女。她們發出刺耳的慘叫聲，這些聲音一直在腦海中揮之不去。

「我並不意外，因為無論是當時還是現在，這裡都是無法可管的地帶。在所有夢想都可以實現的世界，人們想要實現的都是一些低俗下流的事。」

紅葉——西村清美則讓整個情況變得更糟。她在沒有其他人的『夢托邦』做出粗暴的行為。

「她用大菜刀把她『創造』的男人大卸八塊。」

當那些男人懇求她的原諒，哀求她饒命時，她每次都這麼說。

——你應該感謝我沒有讓你像他那樣，在真實生活中也死在我的手上。

於是，皆笑決定殺了他們兩個人。

「因為**即使他們是真實生活中的人**，活著也有害無益。」

她換上了「蝴蝶」的分身，伺機殺了翔太後，留下了令人惶恐不安的「訊息」。因為當他們感受到莫名的不安和恐懼，就更容易奪走他們的「自覺」。

「但是，即使這樣——」阿虻一臉沉痛的表情搖著頭。

「你認為沒必要殺他們嗎？」

「精神正常的人都會這麼想。」

「有什麼不同？」

她張開雙手，露出挑釁的笑容。

「他們做的事，和我做的事有什麼不同？」

「那——」

「你們應該也曾經有過這種想法，認為反正是在夢中，做什麼都沒關係。不，不可能沒有。你們可以向上天發誓，說在夢中從來沒有做過在真實生活中不被允許的事嗎？」

阿虻說不出話——他一定是感到心虛。那一定是他的左手臂被截肢後開始做的惡夢。

恭平也無言以對。

——你現在不是想要殺了你朋友嗎？

無數次在夢裡夢見，那一天的河岸邊。用力揮下的木棍、濺滿腦漿和鮮血的臉。

——你這個腦袋有問題的膽小鬼，根本無法成為任何人。這就是真正的你。

不光是這樣而已。

——你上次是不是「創造」了我？

——你當時想對我做什麼？

後來因為她本人出現，所以恭平沒有付諸行動，但自己當時原本想做的事，在本質上和滑川、西村清美的行為一樣。既然這樣，自己是否沒有資格批評他們的「粗暴行為」呢？

但是，他又換了一個角度思考。不光是自己，任何人應該或多或少都有類似的經驗。無論是否確信自己身處在夢境中，都應該曾經痛毆討厭的人，或是對欣賞的異性做出不道德的行為。

「雖然曾經有人對我說『妳並不孤單』，但完全不是這樣。即使有人出現在這裡，我也永遠無法分辨，所以——」

她殺了他們。

她並不是豁出去了，也不是在開玩笑。

就像滑川和西村清美一樣，就像恭平認為「反正這是夢境，所以沒關係」，對她來說，這只是夢而已，所以她殺了他們。

「京子那一次，我曾經猶豫，但是——」

她完全能理解京子想要在夢中死去的心情。因為至今為止，她曾經在夢中自殺過數百次、數千次。即使用槍打穿自己的腦袋，即使從高樓一躍而下，即使用刀子刺進自己的喉嚨，下一剎那，世界立刻變暗，但是當她回過神時，發現自己仍然活得好好的。這是在可以實現所有夢想的世界，唯一無法實現的心願。

「所以我發誓在有朝一日我甦醒之前，絕對要保持頭腦清醒。靠著想像不知道他們是否真的死了，不知道京子在天堂是否很開心，不知道彩花有沒有收到禮物，靠著持續幻想這些事讓自己的頭腦保持清醒。為了達到這個目的，我不惜在夢中殺人。」

「簡直瘋了。」

恭平忍不住嘀咕。

是她瘋了？還是這個世界瘋了？他也不知道。但是想像她經歷的無盡孤獨，就不知道該說什麼。

「你認為我連幻想的自由也沒有嗎？」

「我不是這個意思。」

「既然這樣，那你把我帶回真實世界啊。這裡不是可以實現所有夢想的世界嗎？那在我精神崩潰之前，你就做給我看啊。」

「這——」

「你證明自己是真正的人啊！證明自己真的是彩花的男朋友，是確確實實存在的人！

如果你做不到，就馬上從我眼前——」

這時阿虻向前一步，把手伸到路上。

「我瞭解妳的意思了，只不過現在無法在這裡證明。」

眼前出現了一架平台鋼琴——他靜靜地、鎮定自若地坐在鋼琴前。

「我把這首樂曲送給妳。」

說完，他把**右手**放在琴鍵上。

「我在真實世界也會彈這首樂曲，這樣不就可以證明了嗎？」

——我們可以在夢中告訴對方某個暗號，可以是數字，也可以是密碼。

——如此一來，不就可以證明自己曾經在夢中了嗎？

所以他只用右手彈奏。並不是因為剛才被她打中了左肩，而是他在真實世界彈奏同一首樂曲時，只有右手——。

「當妳甦醒時，請妳第一個來找我。我的名字叫虻川光隆，是一度放棄夢想的鋼琴家，但是——」

——我很害怕。一旦想到如果在這裡也無法彈琴，內心就害怕不已。

——你應該記得我那次在音樂廳裡失控吧？

「我終於下定了決心，我要再次追尋夢想。我會彈著這首樂曲，等待妳甦醒，所以請妳絕對不要忘記這首樂曲的旋律——」

阿虻的手在琴鍵上滑動。他的手指動作流暢，沒有絲毫的猶豫。彈奏出的每一個音符，讓世界頓時有了豐富的表情。立體而有深度的主旋律難以想像是單手彈奏，時而像怒氣沖天般狂野，時而像輕輕摟著肩膀安慰般心曠神怡。沉浸在這些柔和的琶音中，耗損的心靈空洞似乎也得到填補，漸漸有點難以分辨，這裡到底是夢境，還是現實——。

都無所謂了。

因為任何人都聽得出來，這個旋律並非幻音。

＊

——全都是我幹的。

計畫第八十一天，她把所有的事告訴了一無所知的奏音。無盡的孤獨。隱藏在圖書館內的祕密。演變成殺戮的過程。

奏音聽完之後，只是小聲地說了一句話。

——謝謝妳告訴我。

那天之後，『夢托邦』終於成為真正的「桃花源」。

大家在飛舞的「蝴蝶」下方被暴龍追得四處逃竄，在高速公路上和警車互相追逐，九死一生地逃離爆炸起火的敵軍基地。奏音在眾目睽睽之下大叫，當大家一個一個清醒時，叶多向每個人說再見，阿虻不時演奏悅耳動聽的音樂。最後十天，那裡真的變成一個所有夢想都能夠成真的世界，可以成為理想中的自己的地方。

——那就後會有期。

計畫的最後一天。

——幸好我還有足夠的時間。

——我有足夠的時間思考，在我甦醒之後，要用什麼方式為自己贖罪。

她站在一片彷彿燃燒般的夕陽下露出淡淡的笑容。

——所以，請你們等我。

——請你們等我，直到我知道所有的一切都是「真的」那一天。

如今，阿虻相信那一天的到來，準備重新登上舞台。為了有朝一日一定會甦醒的她，為了曾經墜入絕望的深淵，但最後仍然沒有放棄夢想的那一天的自己，他決定要和之前不敢正視的現實對峙。

說句心裡話，自己還沒有做好這樣的心理準備，也沒有直視無聊現實的勇氣。因為要付諸行動並沒有嘴上說的那麼簡單。但是——

——「只有持續追求夢想的人，才能夠實現夢想」，你有沒有聽說過這句話？

接受是向前邁進的第一步。

不能逃避，必須勇敢面對。

「不完美的自己」身處的這個地方，才是無須懷疑的現實。

——但是，你接受了現實。你腳踏實地面對了現實。

——你絕對不是「膽小鬼」。

恭平牢記蜂谷那天對自己說的話，打開了手機收到的訊息。

『我剛到車站，不好意思，我遲到了。』

還有另一個人也鼓起了勇氣。

傳訊息的人是『皆本奏音』——她應該是猶豫到最後一刻，所以才會遲到。如果自己無法開口說話該怎麼辦？不，她一定無法開口說話。現在仍然獨自一人佇立在這份不安之中。但是——

——我必須慢慢累積，一個一個累積。

最後一天，她在臨別時所說的話，似乎是「真心話」。

「奏音也來了。」

恭平對坐在彩花另一側的蜂谷說。

「太好了。」

「咦？是女生？」

彩花皺起眉頭——真是太有真實感了。

「她也是之前一起參加『失眠』治療課程的成員之一。」

「就是你認識阿虻的那個地方嗎？」

「所以才邀她一起來啊。」

「原來是這樣。我還在想如果是你的劈腿對象，我會一槍把她斃了。」

不能隨便開這種玩笑。

彩花笑了起來，坐在她旁邊的蜂谷聳了聳肩，似乎表示「太可怕了」。

不一會兒，燈光暗了下來，原本嘈雜的場內安靜下來。

——我希望可以再彈一次鋼琴。

『夢托邦』是每個人在絕望盡頭看到的最後希望。

——所以，無論如何都不能再次被奪走。

但是，恭平現在終於意識到，其實一開始就沒有被奪走，從來不曾被奪走，也不曾被奪走一秒鐘，只是自己沒有勇氣面對。

禮堂內響起如雷的掌聲和喝彩聲，看到身穿燕尾服的阿虻深深地向觀眾鞠躬，忍不住淚流滿面。

——我在真實世界也會彈這首樂曲，這樣不就可以證明了嗎？

恭平用力鼓掌，手都快拍斷了。這是對決定出發的戰友的讚美，也是在激勵至今仍然無法跨出一步的自己。

「怎麼了？」

彩花遞了手帕給他。

「不，沒事。」

市民禮堂內完全暗了下來，只有聚光燈打在阿虻身上。抬頭看向天花板，那裡並沒有

「她」的身影。所以，這裡是——

現實。

阿虻，沒錯吧？

他的右手正輕輕放在琴鍵上。

常做的夢4

回過神時，發現自己坐在電影院。那是一個很小的普通劇場——是哪裡的小影廳嗎？觀眾只有自己一個人，當然不見「他們」的身影。

——等這一切結束之後，我們一起去看電影。

好像是很久以前的事了。飛向天空的機車、一群大白鯊圍上來，還有從夜空中墜落的巨大滿月。

這是我常做的夢，不，是持續不斷的夢。

只聽到喀答一聲，放映機在身後嘎啦嘎啦開始轉動。要播放老電影嗎？黑白的影像不時夾雜著雜音。螢幕上出現了熟悉的臉龐。

——我就叫妳要多帶一條毛巾在身上。

女孩穿著睡衣在哭泣，一個女人正在安撫她。是媽媽。這是什麼時候的事？雖然記憶有點模糊，記得是夏季廟會當天——。

然後場景切換，螢幕上接著出現了圖書館的櫃檯。

——我要找一本書。

圖書館員聽到她不清不楚的說明，露出了為難的表情。於是我就上前幫忙。有沒有那種很珍貴，所以絕對不可能丟棄，但幾乎沒有人借的書？

——好厲害，姊姊，妳看！

她把一本外文書抱在胸前。

嗯，這本書應該沒問題，因為太難了，不可能有人借這本書。

——太簡單了。

轉眼之間，又換了一個場景。她嘟著嘴，手上拿著鐵鏟。

——我想去更遠的地方。

每年生日都會玩「尋寶遊戲」。我每次都把禮物埋在院子裡的樹下，然後給她一張「藏寶圖」。

——比方說，可以去神戶。

我忍不住噗哧一聲笑了起來。她應該根本不知道那是哪裡，卻說出這個地名——八成是因為自己之前戶外教學時，去了神戶的關係。我去戶外教學的前一天晚上，她就吵著也要一起去。

——我想要一把槍。

畫面再次切換。是一雙充滿正義感的眼睛特寫。

——我要保護姊姊不被壞人欺負。

——要準備兩顆子彈以防萬一。

然後世界開始變暗。

回過神時，發現自己坐在老家的客廳裡。一直開著沒關的電視中，傳來主播充滿悲痛的聲音。

『事故發生在二〇〇五年十月二日——』

熱霧在眼前晃動，很快就變成一個人的樣子。

「真是太驚訝了。」

一個身穿白袍，戴著銀框眼鏡的男人出現。

「妳是怎麼做到的？」

「聽不懂你在說什麼。」他應該是問殺人的事。我雖然知道，但故意裝傻。

「老實說，我曾經好幾次都猶豫要不要中止『實驗』。」

「你應該這麼做啊。」

「但是這樣一來，妳就變成『孤單一人』了。」

「你的意思是，這個實驗是為了我而做的嗎？」

「對。所以我再問妳一次，妳是怎麼做到的？」

那個下巴有太多贅肉，連脖子都看不見的男人最先浮現在腦海中。

——我已經按照妳的指示，把東西放在車站的寄物櫃裡了。妳拿到之後，就來飯店的房間找我。

——剩下的子彈和寫下妳說的數字的紙也都在我手上，可以證明就是我。

——所以妳動作快一點，我們來好好樂一下。

他說完這句話就瞪大了眼睛。因為他發現槍口正對著他。
——妳在開玩笑吧？這裡是夢境吧？
不是喔。
他抬頭看向上方，然後驚慌失措地打量周圍。
——怎麼可能？「蝴蝶」去了哪裡？
我扣下扳機。我不是告訴你了嗎？這裡並不是夢境。
接著是一臉柔和笑容的白髮老婦人。
——原來是妳。
她並沒有驚訝，靜靜地在草皮上坐了下來。
——我已經做好了心理準備，所以可以拜託妳嗎？
即使告訴她在夢境中死去的必備「條件」，她的決心也絲毫沒有動搖。
——最後，我想請妳聽我說說我心愛家人的事。
老婦人持續訴說著回憶，她一次也沒有抬頭看天空。她可能打算隨著時間的推移，讓「自覺」自然消失。為了以防萬一，我沒有消除「蝴蝶」，讓「蝴蝶」一直在天空中飛舞，但她直到最後都沒有抬頭確認。
——好了，不知道這裡是現實還是夢境。
時機成熟了。
——沒關係，就請妳動手吧。

這裡是夢境。雖然這句話已經湧到喉嚨，但還是吞了下去，然後舉起了槍。
——妳是我的恩人。
然後，我扣下了扳機。希望我做對了。
接著是那個自以為是、目中無人的女人。
——喔，妳是問我平時在這裡殺的那些傢伙嗎？
她轉頭看過來時，臉上露出了陶醉的笑容。
——那些都是不值得活在世上的人渣。但在現實生活中，我只殺了一個人。
她笑的時候臉頰抽搐。
——但是，這個國家的法律無法制裁我，早知道我應該殺了所有人。
當她說完這些話時，立刻瞪大了眼睛。因為她看到槍口對準了突然出現的女兒額頭。
媽媽，救命，我好害怕——。
——妳玩笑開過頭了，這裡是夢境吧？
不是喔。
她抬頭看向頭頂上方，不顧羞恥地開始哀求。
——住手，千萬不能殺這個孩子！
她自己明明殺了那麼多人。
——如果妳要開槍，那就朝我開吧！
那就如妳所願。於是我扣下了扳機。

最後是一個有點陰鬱的年輕人。

——拜託妳告訴我！告訴我，妳不是「凶手」。

他一步一步逼近，於是我對他說。

你上次是不是『創造』了我？你當時想對我做什麼？

——妳誤會了。

然後，他的眼中露出了安心的眼神。因為我把槍口對準了他。

——趕快告訴我，這裡是夢境。

不是喔。

他抬頭看向上方，接著便開始說話，似乎想要藉此拖延時間，然後很快又出現了另一個人。

——惡夢結束了。

我扣下了扳機，但是——

有時候，我忍不住自問。當時如果另一個人沒有出現，我會不會開槍打死那個自稱是妹妹男朋友的男人。

——無所謂。

因為一切很可能「**只是夢**」。

「嗯，有些事可能不知道比較好。」

男人用力搖著手，在我對面坐了下來。

「話說回來，妳為自己取的『田中皆笑』（Tanaka Minae）這個名字真是太絕了，我一開始完全沒發現。」

我決定無視他，繼續看著他後方的牆壁。

「妳是把**榎並叶多**（Enami Kanata）這個名字顛倒過來，對不對？」

男人說完，露出了佩服的笑容。他正是把我關在這個永無止境的惡夢的罪魁禍首，也是我的親生父親。

「多虧了我心愛的女兒，人類又向前邁進了一大步，爸爸太高興了。」

——當我看到妳被抬進我的醫院時，我震驚得說不出話。

——但是從某種意義上來說，這是一個機會。無論對爸爸、對妳來說都是。

——研究可以有所進展，妳也可以展開另一段人生。

扭曲的愛，讓他成為一個瘋狂的研究人員。媽媽和他離婚是正確的決定。

「彩花一定會為這樣的姊姊感到驕傲。」

閉嘴。你懂什麼。

——我對彩花說，妳目前下落不明。

——總比對她說，妳已經死了好多了吧。

「說到彩花，妳有沒有發現一件事，在這次實驗的參加者中，有一個人是她的男朋友。」

「嗯，好像有一個男人這麼說。」

「在調查實驗對象人選時，我發現了這件事，所以就請員工告訴他，董事長本人熱切希望他可以參加。雖然不知道是不是因為這個理由說服了他，但幸好他參加了，是不是有點驚喜？」

「不清楚。」

「先不說這個。妳對於這次的『實驗』，有沒有什麼回饋意見？」

就在這時，客廳的門一下子被打開。

「哇！姊姊，好久不見！」

彩花衝了進來。

「好久不見。」

「妳都不知道我有多寂寞。」

媽媽露出為難的笑容站在彩花身後。

「彩花，妳不要這麼激動。」

「叶多，刪除她們。」

「什麼意思？」

「對啊，爸爸，你在說什麼？」

彩花走到我身旁，也為我助陣。

「廢話少說，把她們刪除。我知道是妳『創造』的。」

「老公，你是不是太累了？」媽媽走進廚房。

這是平凡的幸福、平靜的日常，也是爸爸無法實現的理想家庭。

「我很清楚，這裡是——」

他抬頭看向天花板，驚訝地瞪大了雙眼。

「怎麼可能？」

我拚命忍著笑。不是喔，這裡——

「是現實喔。」

「但是自從那起事故之後，妳不是一直都——」

「那你要不要試試？」

我緩緩從桌子下舉起握著手槍的右手。

「看吧，我就知道！因為——」

因為我不可能有槍嗎？

還是因為我們一家人不可能在同一個屋簷下這樣歡笑？

我解除保險，瞄準目標。

「你試試看啊！」

瞬間腦海中閃過樂曲的旋律。

——我在真實世界也會彈這首樂曲，這樣不就可以證明了嗎？

嗯，如果是這樣，我就承認。承認自己犯下的罪，承認所有的一切。

所以——

各位，要等我。

客廳內響起響亮的槍聲。

國家圖書館出版品預行編目資料

夢境計畫 / 結城真一郎著 ; 王蘊潔譯 . -- 初版 .
-- 臺北市 : 臺灣東販股份有限公司 , 2023.09
316 面 ; 14.7×21 公分
譯自 : プロジェクト・インソムニア
ISBN 978-626-329-987-0 (平裝)

861.57　　112012236

夢境計畫

2023年9月1日初版第一刷發行

作　　者　結城真一郎
譯　　者　王蘊潔
主　　編　陳正芳
封面設計　鄭佳容
美術編輯　林佳玉
發 行 人　若森稔雄
發 行 所　台灣東販股份有限公司
＜地址＞台北市南京東路4段130號2F-1
＜電話＞(02) 2577-8878
＜傳真＞(02) 2577-8896
＜網址＞http://www.tohan.com.tw
郵撥帳號　1405049-4
法律顧問　蕭雄淋律師
總 經 銷　聯合發行股份有限公司
＜電話＞(02) 2917-8022